TÜRK MİZAHINDAN SEÇME FIKRALAR

KİPAŞ 1980
YAYIN DAĞITIM

Türk Mizahından Seçme Fıkralar

OCAK, 2004

ISBN 975-92764-6-1

Kapak hazırlık: Faruk Otaner

Baskı-cilt: Hünkar Ofset Matb. Tesisleri

KİPAŞ YAYIN DAĞITIM
Ankara Caddesi, Saadet Han, No.42/111
Cağaloğlu/İSTANBUL
0212-528 81 94

HAYIR VEYA EVET DEMEDEN EVVEL

Bekri Mustafa, Dördüncü Murad'ın nedimi olduktan bir kaç gün sonra onu yanına çağırarak sordu:

- Sana ne emredersem yapacak mısın?

Bekri eğilerek:

- Ona ne şüphe efendim! diye cevap verdi.

Bunun üzerine Dördüncü Murat, sarayın denize bakan pencerelerden birisini göstererek dedi ki:

- Peki, meselâ "şu pencereden kendini denize at" desem atar mısın?

Bunu işiten Bekri cevap vermeden kapıya doğru yürüdü. Dördüncü Murat:

- Nereye gidiyorsun. Cevap versene.

Bekri gülümsedi:

- İradenize hayır veya evet demeden evvel gidip yüzmeyi öğreneceğim.

MERZİFON EŞEĞİ

Bekri'nin arkadaşlanndan biri bir iş için Merzifon'a gidecekti. Yola çıkmadan evvel Bekri Mustafa'ya uğrayarak onunla vedalaştı ve gittiği yerden bir şey isteyip istemiyeceğini sordu. Bunun üzerine Bekri:

- Merzifon'un eşekleri meşhurdur, derler. Gelirken bana bir tane getir. Bedeli ne kadarsa veririm, diye arkadaşına sıkısıkı tenbih etti.

Aradan hayli günler geçmişti. Bir akşam Bekri Mustafa meyhanenin yolunu tutarken Merzifon'a giden arkadaşına rasgeldi. Hal ve hatırını sorduktan sonra:

-Arkadaş! dedi. Haniya sana bir eşek ısmarlamıştım.

Tuhaflıkta Bekri' den aşağı kalmıyan adam:

- Eyvah, unutmuşum. Şimdi seni gördüm de hatırıma geldi.

Diye cevap verdiğini gören Bekri Mustafa hemen ona şu karşılığı verdi:

- Hâcet kalmadı. Sen geldin ya, kafi!.

GEMİ KÜÇÜK

Bekri Mustafa, pazar kayıklarından biriyle Üsküdar' dan İstanbul'a geliyordu. Birdenbire fırtına koptu. Canını çok seven Bekri telaşa düştü. Bunu gören kayıkçı :

- Yolcu ne korkuyorsun Allah büyüktür.

Demesi üzerine Bekri ona şu cevabı verdi:

- Allah büyük amma, kayık küçük.

LAZ

Odaya giren Temel selam çakarak izin isteyince yüzbaşı:

«Oğlum sen asker olalı şunun şurasında kaç gün oldu ki?»

Temel yalvaran bir sesle: «Gomutanım» dedi, «Beni üç günlük evliyken askere aldılar. Ne olur,izin verin.» Merhamete gelen yüzbaşı bir hafta için gönderir Temel'i.

İki yüzbaşı mahfelde sohbet ederlerken Temel selamı yetiştirir.

«Ne o yine mi izin?»

«Heee gomutanım.»

«Oğlum bu kaçıncı izin?"

«Biliyon ya gomutanım, yeni evliyim...» .

Bu arada diğer yüzbaşı laf olsun diye atıldı:

«Sana yüzbaşından ben izin alacağım, ama bir şartım var» der..

«Fadime'nin yanına vardığın andan, ayrıldığın zamana kadar aranızda ne geçerse gelip burada olduğu gibi anlatacaksın.»

«Baş üstüne...»

Ve Temel bu şartlarla iznini bitirir. Dönüşte yüzbaşı Temel'i mahfelde huzura çağırır.;

«Hadi bakalım Temel başla anlatmaya.»

«Baş üstüne gomutam, üç gün sonra Fadime dedi ki...»

«Yook olmaz üç günü üç saati atlamak yok, vardığın saattan başla.»

«Başım üstüne, üç gün sonra Fadime...»

Yüzbaşı burada sinirlenince asıl komutan müdahale eder. «Bırak bakalım ne anlatacak Allah'ını seversen.»

«Peki haydi anlat bakalım.»

«Üç gün sonra Fadime dedükü, ülen ecük çıkar da, çişimi edip de gelim.»

PİLETÇİ PİLUR

İlk kez İstanbul'a gelen Karadenizliler tramvaya binerler. Biletçi her durakta: «Atikali, Fatih» diye durak isimlerini söyledikçe yolcular iner. Biletçi bağırdıkça inenleri gören ve İstanbul'u bilmediği için biraz da heyecanlanan Karadenizli, arkadaşına:

«Ula Hasan, der! Ha biz nerede ineceğuk..»

Hasan arkadaşına küçümseyerek bakar:

«Patladin mu? Helbette bizum da ismimiz okunacak, piletçi nerede ineceğumuzu pilir.»

MEZARIN YAYINDA

Temel ölmüştür. Karısı Fadime mezarının başına ziyarete gelmiş.

Fadime üzgün üzgün «Ah Temel'çuğum sen ne iyi erkek idun. Yokluğinu nasıl tuyayirum pilesin...»

O arada esen rüzgardan ötürü, mezarın yanında,sallanan bir çiçek Fadime'nin baldırına sürtünür. Bunun üzerine Fadime:

«İlahi Temel. Öltin emme hiç teğişmemişsun. Hâlâ o eski yaramazliklarinu yapayisun...»

TAM CEVAP

Geometri dersinde öğretmen, karatahta üzerine paralel çizgi çizdikten sonra öğrencilere döndü ve sordu:

«Bu çizgileri nereye kadar uzatabiliriz acaba?»

Öğretmenin sorusu üzerine bütün sınıf çınlamaya başladı. Herkes kendine göre doğru olan bir cevap bulup söylüyordu:

«Uzay bitene kadar, öğretmenim...»

«Tahta bitene kadar, öğretmenim...»

Daha bir sürü mantıklı cevaptan sonra iş muzipliğe döküldü ve şöyle cevaplar verilmeğe başlandı:

Tebeşir bitene kadar, hocam..»

«Bıkana kadar, hocam...»

Öğretmen hepsini bıkmadan dinliyor ve aralarından doğru cevabın çıkmasını bekliyordu ki, arka sıralarda oturan Temel ayağa kalkarak şöyle dedi:

«Zil çalana kadar uzatapiluruz öğretmenum...»

ALTIN

Camekândaki altınlara bakan Bektaşi'ye sarraf sormuş:

«Para ını bozduracaksın?»

«Yoo, demiş Bektaşi, altınları göreceğim geldi de onlan seyrediyorum!»

İYİ GÖRÜRÜM

Temel bir yemek ziyafetine davetlidir. Davet yerine girerken herkes onu iyi karşılamaktadır.

Tam yemek odasının yanına geldiğinde etrafına çok sayıda kişi toplanır. Ne de olsa Temel hatırı sayılır bir kişidir. Tam mutfağın önünde ,Temel'e yapılan tezahürat Te-mel'i şımartır. Şöyle kollarını iki yana açarak:

«Uyy haçan pen yerun yedi kat dipinu göreyirum taa» der ve etrafındakileri güldürür.

Temel'in bu sözlerini içerden ahçı da duymuştur. Hep birlikte yemek odasına geçilir ve masa etrafında oturulur. Yemeklerde pilav üstü ikişer adet tavuk butu da getirilir, davetlilerin önüne konur. Yalnız ahçı, Temel'in tabağına önce tavuk butlarını kor üzerine de pilavını koyar. Herkes tavuklu pilavını yerken Temel kara kara düşünmektedir.

Cemal sorar Temel'e:

«Uyy Temeeel, haçan niye yemeyisun?»

Temel:

«Hapuriye bak!.. Niye yiyeyum. Herkesin pilavu tavukli penumki ise sade. Pen küsmüşümdur.»

Cemal:

«Uyy Temel'um sen piraz once yerun yeti kat altinu göreyitun da şimtu pilavinun altındaki tavuğu niye göremeyisun?»

PENGUEN

İki Karadenizli bulduklan bir penguenin boğazına tasma takıp gezdiriyorlardı. Bunu gören adamın biri:

«Zavallı hayvana tasma takıp gezdireceğinize hayvanat bahçesine götürün» dedi.

Bir saat sonra onları Penguenle görünce sordu:

«Hani bunu hayvanat bahçesine götürecektiniz?»

«Oraya götürdük, şimdi sinemaya götürüyoruz.»

KARISI ÖLMÜŞ,

Temel'in karısı ölmüştür. Yas tutması gerekirken, hizmetçisiyle aşk oyunları oynamaktadır. Kendisine geçmiş olsuna toplanıp gelen komşuları bu vaziyetleri görünce, Cemal Temel'e kızar:

«Uyy Temel haçan sen niyapayisun? Yasmi tutayisun, dostmi tutayisun?»

Temel:

«Uyy Çemalum, yenken ölelü okatar şaşurmişim ki ne yaptiğumi pende pilemeyirum...

HASRET

Çoktandır memleketinden ayrı olan bir Trabzonlu bir gün yolda giderken memleketine ait bir araba görür ve heyecanla koşarak arabanın yanına gider, bıçağını çıkartarak arabanın lastiğini deler. Havasını koklamaya başlar. Bunu gören arabanın sahibi adamın yakasına yapışır ve sorar :

«Eşşoğlueşşek lastiği neden deldun da?»

«Ne kızaysun memleket havası alayrum hemşerum.»

TEK ÇARE

Karadeniz'de büyük bir fırtına patlamıştı... Dalgalar tekneyi fındık kabuğu gibi sallıyordu... Rota kaybolmuştu... Tayfalar ne yapacaklarını şaşırınca, sonunda bir kaçı Temel Kaptan'ın yanına geldi:

«Temel Kaptan, ne yapalım biz?»

«Pana bir pusula ceturun!..» Tayfalar hemen dağıldılar ve pusula aramaya başladılar. Fakat biraz sonra elleri boş tekrar Temel Kaptan'ın yanına geldiler...

«Pusula bulamadık kaptan, başka negetirelim?»

Temel Kaptan bir patlayan ve kuduran denize, bir de hepsi şaşırmış ve yüzleri allak bullak olan tayfalara baktı:

«Kelime-i şehadet ceturun bari...» dedi.

TEMEL VE ÇİVİ

Kasabın biri dükkânının duvarına çakılı çiviyi çıkartamaz.

Sonunda çiviyi çıkartmaktan vazgeçer ve keserle çiviyi duvara sonuna kadar çakmak ister. Fakat çivi bir milim bile aşağıya geçmez.

O sırada dükkânın önünde duran Temel kasabın hareketlerini seyretmekte ve gülmektedir.

Temel'in bu tavrına kızan kasap sinirlerine güç hakim olabilmiş.

Temel'e niçin güldüğünü sormuş:

«Temel; penum için çok kolay yapılacak olan işu yapamayisun ta, onun için güleyirum.» der.

İKİMİZ DE

Bir toplantıda bir Bektaşi, toplantıda olmayan birini övüp göklere çıkarmış. Dinleyenlerden biri:

«Baba erenler, demiş, sen o adamı öğüp göklere çıkardın. Onun hakkında iyi şeyler söyledin. Ama o, senin aleyhinde demediğini bırakmıyor.»

Baba, cevap vermiş:

«İhtimal ki ikimiz de yanılıyoruz evlat!»

KAŞUK MAŞUK

Temel Reis, hanımını kaplıcaya götürür. Kaplıcanın bahçesinde çaylarını yudumlarken, karısı üzerinde otel, motel, restorant yazan duvarı göstererek:

«Ha pu oteli annaduk, ya moteli ne oliy?» der.

«Reis bilgiç bilgiç karşılık verir:

«Uy, biz kaşuk maşuk deruk ya, ha öyle bir şeydur da.»

ABARTMALAR

Temel le Cemal yarışıyorlar.

Cemal :

«Uyy Temel'um pen bir Kur'an-ı Kerim yaztum»

Temel:

«Uyy Çemalum penta Eminönünten Katıköye kayuğumla geçeruken Kiz Kulesindekü fenerden sikaramı yakmişum.

«Yalan!» der Cemal.

Temel:

«Uyy Çemalum hapu ettiğum iş yalan üse ha o senun yazduğun Kur'an-ı Kerim çarpsın penü...

EŞŞEK iNATLI

Köyde inatçılığı yüzünden Cemal'e herkes eşşek demektedir. Cemal'in on yaşlarında bir de oğlu vardır, o da babası kadar inatçıdır.

Seneler geçer, aradan Cemal'in oğlu Kadem daha da inatlaşır ve babasını aratacak hale gelir. Bir gün komşular toplanır, bunun huyunun değiştirilip değiştirilemeyeceğine çareler ararlar. Derken Temel çıkagelir.

Durumu Temel'e anlatırlar, Temel:

«Poşuna uğraşıyorsunuz.»

«Neden?»

«Uyy neten demekte lafmitur, siz pilmez misinuz on paraluk eşşekten peş paralık sipa çiktiğinu?.»

HERGÜN BAYRAM OLSA

Hoca bir gün yabancı bir memlekete gitmiş. Bakmış ki, binlerce halk yiyip içmekte, Hoca'yı da davet ederek ikram etmişler. Hoca, karnını doyurduktan sonra:

-Tuhaf şey, ne ucuz şehir?

Demiş. Bu sözü duyan adamın birisi:

- Efendi, sen ne sersemsin? Bugün bayramdır: Herkes kudretine göre evlerinde pişirip getirir. Bu bayram yerinde yerler. İşte bugün yemek bunun için boldur, deyince Hoca:

- Keşke her gün bayram olsa, demiş.

PAPAM MU GELSUN PURAYA?

Bir Karadenizli mide sancısından kıvranmaktadır İstanbul'da tanınmış bir profesöre gider. Profesör sırası gelince Karadenizliyi sorguya çeker:

«Ne yersin?»

«Hamsi tavası, hamsi pilafı, hamsili ekmek, pancar gavurması, finduk, diye sıralar...»

Profesör:

«Aman oğlum, der! Elbette miden sancı yapar. Sana yiyeceklerini liste halinde yazıp vereyim de yemeğini ona göre yersin. O zaman miden sancı yapmaz.»

Karadenizli memleketine gitmek için gemiye biner. Doktorun verdiği yemek listesine göz gezdirmek ister. Her nasılsa liste elinden düşer, doğruca denize uçar. Karadenizli çaresiz peşinden bakakalır.

Aradan yıllar geçmiştir. Karadenizlinin oğlu İstanbul'a gelir. Saf bir çocukcağızdır. Babasının isteğini yerine getirmek, için profesörün kliniğini arar, bulur. Profesör o sırada acele bir ameliyata girecekmiş.

Delikanlının senelerce evvel bir hastasına yaptığı tavsiyenin ne olduğunu öğrenmek isteyen uzun konuşmasına canı sıkılır, sinirli bir halde:

«Aman be oğlum, kıçımı yesin! der ve ameliyata girer.

İki saat sonra yorgun argın ameliyattan çıkan profesör, çocuğu kapıda kendisini bekler bulur.

Mahcup ve anlamamış gözlerle profesöre bakan delikanh sorar :

«Ha doktor bey, acaba papam mu gelsun buraya, Yoksam sen mu varup geleceksun pizum oraya?»

HOCANIN KIZLARI

Hocanın iki kızı varmış. Birisinin kocası çiftçi, ötekinin kocası kiremitçiymiş. Hoca kızlarının hatırlarını sormuş. Kocası kiremitçi olan:

«Bu sene yağmur yağmazsa, kocam bana bir takım elbise yapacak»

Kocası çiftçi olan da:

«Bu yıl yağmur yağarsa kocam bana kürk alacak.»

Hoca, ikisini de dinledikten sonra:

«Haydi hayırlısı. Biriniz hıyarı yiyecek ama hanginiz bilmem...»

KAYIKÇILIK

Temel, kayıkçılıkla geçimini sağlamaktadır. Kayığına almış olduğu müşterilerinden para toplarken birinin parasının olmadığını görür.

«Uyy haçan paran yoğitu niye pintun kayığuma? Atsam seni tenuze sağa yazuk. Atmasam pağa yazuk... Haaa geç şu arka tarafta közüm görmesun senu...»

AKŞAM SERİNLİĞİ

Bir grup turist, kendi başlarına anlatıyorlardı. İngiliz hidrojeni patlatacaklarından, Rus'la Amerikalı ay ve Merih'i fethedecek. Sıra bizim Temel'e gelince:

«Şu yakunda dedi, ha biz de güneşe gideceğiz.»

«Nasıl olur, henüz yıldızların keşfedilmediği bir evrende, güneşe gidebilmek!..»

«Hesabi sıkı yapulmuştur» dedi, bizimki. «Akşam serunluğunda gideceğuz.»

CEMAAT

Kadri Paşa Trabzon valisiyken, bir gün köy muhtarından bir telgraf aldı. Tarla meselesinden araları açılan imamı gammazlıyordu :

«Köyümüzün imamı Temel 40 yıldır ruhsatsız namaz kıldırmaktadır!..»

Vali bu telgrafa cevap verdi:

«Öyle aptal cemaat bulursan seksen sene de sen kıldır.»

KONUŞULMAZ

Öğretmen sınıfı toplu halde sözlü yapıyordu. Tarih, coğrafya sorularından sonra tabiat bilgisi sorularına geçti ve ilk sorusunu sordu:

«Söyleyin bakalım, balıklar neden konuşmaz?»

Öğrencilerin hiçbiri işin içinden çıkamıyor, sınıfta derin bir sessizlik hüküm sürüyordu ki, Temel cevabı yapıştırdı:

«Öğretmenum, sizun da paşunuzu suya soksam konişapilur misunuz?»

KARŞI KARŞIYA

Temel'in kızı Fadime, babasından habersiz Cemal'e uyup kaçmış evlenmiştir. Temel bu işe çok kızmıştır ama araya giren akrabaları sakinleştirmişlerdir. Bunu fırsat bilen Fadime babasına:

«Uyy babaciğum sevgili kizuna evlenme hetuyesi olarak ne alaçasun?»

«Uyy, kizum hapuriye ne ettun, avucuma ki ne çarpayum suratuna...»

ARABA TEKERLEĞİ KADAR AY

Hoca, Sivrihisar'a gitmiş. Birçok insanın toplanarak hilâl'e baktıklarını görünce şöyle demiş:

- Tuhaf şey! Bizim memlekette araba tekerleği kadar aya itibar etmezler de, burada küçük hilâl'i seyretmek için bir sürü insan toplanmış!

FİNCANCI KATIRLARI

Nasreddin Hoca, yol kenarındaki mezarlıkta dolaşırken nasılsa, açık bir kabrin içine düşmüş.

- Dur bakalım, Münkir ve Nekir melekler gelecekler mi?

Diye düşünürken, kulağına çan sesleri gelmiş. Bu seslerin öbür dünyadan geldiklerini zannederek, kabirden fırlayıp çıkmış. Yolda sıra ile geçmekte olan fincancı katırları ürküp, birbirine karışmışlar. Katırcılar sopaları çekmişler. Hoca'nın üzerine yürümüşler.

- Söyle, sen kimsin?

- Ben dünyayı seyre çıktım...

- O halde sana dünyayı güzelce seyrettirelim! Deyip, Hoca'yı adamakıllı dövmüşler. Zavallının başını yarmışlar, her tarafını mosmor etmişler. Hoca, kendini eve zor atmış. Nereden geldiğini soranlara, öbür dünyadan geldiğini söyleyince:

- Öbür dünyada ne var, ne yok? Diye sormuşlar. O da :

- Fincancı katırlarını ürkütmezsen bir şey yok! demiş...

İŞTE KUŞA BENZEDİN

Nasreddin Hoca merhum, bir gün leylek tutup evine götürmüş. Hayvancağızın gagasını, ayaklarını kesmiş, sonra da bir yere çıkıp :

- İşte şimdi kuşa benzedin! demiş.

FİLAN NEDİR?

Mollanın biri, Arabistan'ı, Acemistan'ı, Hindistan'ı velhasıl yedi iklimi dolaşmış, hiç bir kimse onun sualine cevap verememiş.

Nihayet adamın biri, mollaya Hoca'yı tavsiye etmiş. Tarlalar arasında dolaşırken, çift sürmekte olan bir adamı görmüş.

Fakat molla bunun, aradığı Hoca olduğunu bilmiyormuş. İleri gidip selamı vermiş. Hoca, mollanın selamını almış.

Molla sormuş:

- Çiftçi dayı, sana bir mesele soracağım, bakalım halledebilecek misin? Hoca:

«Bilirim!» deyince, Molla:

«Filan nedir?» diye sormuş. Hoca da:

- Ben bedava mesele halletmem, demiş. Molla koynundan bir nar çıkarıp vermiş. Hoca, narı aldıktan sonra meseleyi halletmiş.

Molla bir sual ,daha sormuş Hoca:

- Halletmem, nar tükendi. Deyince, Molla boynunu kırıp gitmiş ve kendi kendine söylenmiş:

- Buranın çiftçisi böyle olursa, uleması kimbilir nasıldır!..

KURDUN KUYRUĞU

Nasreddin Hoca, çırağı İmad ile kurt avına gitmiş. İmad, kurdun inine girmiş. Kurt gelmiş, içeri girerken Hoca, kuyruğundan yakalamış. Kurt eşinmeye başlamış, gözüne toz giden İmad:

- Hocam, bu toz nereden gelir?

Diye sorunca, Hoca demiş ki:

- Eğer kurdun kuyruğu koparsa, tozun nereden geldiğini o zaman anlarsın.

AHIR

Hoca, yer altında bir ahır yapmak hevesine kapılmış, toprağı kaza kaza komşusunun ahırına gelmiş. Bir sürü öküz görünce, koşa koşa karısının yanına gitmiş:

- Karı, karı! diye bağırmış. Müjdemi isterim! Eski zamandan kalma bir ahır öküz buldum.

SENi DÖRT AYAKLI YAPABİLiRiM

Akşehir'in aptal eşrafından biri, merkebe binmiş, yola düzülmüş, giderken Nasreddin Hoca'ya rastlamış. Hoca'ya çatmak için:

- Yahu Hocam, demiş. Senin kerametini herkes söyler. Şunu biz de anlayalım; gel şu merkebin iki ayağına okuyup üfle de, senin gibi iki ayaklı kalsın.

Hoca'nın kafası kızarak başını çevirmiş ve:

- Altındaki merkebi iki ayaklı yapmak benim elimde değil ama, seni dört ayaklı yapabilirim.

ORUÇ BOZULUR MU?

Bir gün Hoca'ya sormuşlar:

- Hocam, bir adam karısını öperse oruç bozulur mu?

- Yeni evlenmişlerse bozulur. İkinci seneleri ise bilmem.

HOCA VE TAVUKLARI

Hoca, tavuklarını bir kafese doldurup, Sivrihisar'a götürüyormuş. Yolda hayvanların haline acımış, hepsini salıvermiş. Her birisi bir tarafa dağılmışlar. Fena halde kızan Hoca, elindeki değnekle horozun üzerine yürümüş :

- Gece yarısı, sabahın yaklaştığını biliyorsun da, güpegündüz Sivrihisar'ın yolunu niçin bilmiyorsun?

HANGİSİNE GÖRÜNEYİM?

Hocanın aldığı kadınlardan biri, çok çirkinmiş. Kendisine sormuş:

- Kocacığım, erkek arkadaşlarınızdan kime görünüp kime görünmeyeyim?

Hoca şu cevabı vermiş:

- Hatun, bana görünme de, kime görünürsen görün.

ÖKÜZÜN SUÇU

Bir gün Hoca'nın tarlasına bir öküz girmiş. Hoca eline bir sopa alıp, üzerine yürümüş, öküz kaçmış. Aradan bir hafta geçmiş. Hoca bir köylünün arabasında koşulu öküzü görüp tanımış. Eline kocaman bir odun parçası alarak, öküze birkaç defa döşemiş. Köylü, öküzü niçin dövdüğünü sorunca:

- Sen aklının yetmediği işe karışma. O suçunu bilir, demiş.

KUZGUN İLE HOCA

Günün birinde Hoca, karısı ile beraber göl başına çamaşır yıkamaya gitmiş. Çamaşırları yıkayıp işe başlayacakları sırada, hemen bir kara kuzgun gelerek, sabunu kapıp gitmiş.

Karısı:

- Aman yetiş! Kuzgun sabunu kaptı. Diye bağırınca:

- A karı, ne telaş ediyorsun? Varsın alsın. Onun üstü bizden kirlidir, demiş.

SU DEDİĞİN BÖYLE OLUR

Nasreddin Hoca, deniz kenarında pek susadığı zaman iki avucunu daldırmış, bir yudum deniz suyunu midesine indirmiş. Ağzını burnunu ekşitmiş. Sonra başka yerde tatlı su bulup içince de :

- Pek beyhude yere kabarma su dediğin böyle olur, demiş.

DELİ DOLU AKTIĞI İÇİN

Hoca merhum, bir yaz günü uzak bir yoldan geliyormuş. Hava sıcak olduğundan pek fena halde susamış. Yolda bir çeşmeye rastgelmiş.

Musluktan tıpasını çekince su boşanıvermiş. Adamakıllı ıslanan Hoca, irkilmiş ve kaçmış.

- İşte böyle deli dolu aktığı için ağzına tahta sokmuşlar ya! demiş.

KOŞARAK EZAN

Nasreddin Hoca bir gün, ezan okuyor, hem de koşarak gidiyormuş.

- Niçin hem ezan okuyor, hem de koşuyorsun? Diye sormuşlar. O da şu cevabı vermiş:

- Bakalım sesim nerelere kadar vanyor, diye dinlemeye gidiyorum.

MİNARE NASIL YAPILIR

Ömründe hiç minare görmemiş bir adam Hoca'ya sormuştu :

- Bunlar nasıl yapılıyorlar? Hoca hiç istifini bozmadan:

- Bunu anlamayacak ne var? Kuyuların içini dışına çevirirler, olur sana bir minare!

KAZAN DOĞURDU

Nasreddin Hoca, komşusundan bir kazan almış. İşini gördükten sonra, içine bir tencere koyup geri vermiş.

Komşusu:

- Nasreddin Hoca, bu tencere nedir? Diye sorunca, Hoca:

- Kazan doğurdu! demiş. Kazan sahibi tabiatiyle memnun olmuş.

Aradan birkaç gün geçince. Hoca, aynı kazanı gene istemiş, geri götürüp vermemiş. Komşusu, kazanın ne olduğunu sorunca:

- Kazan öldü! demiş. Komşusu:

- Kazan hiç ölür mü? diye sorunca, Hoca şu cevabı vermiş :

- Kazanın doğurduğuna inanıyorsun da, öldüğüne ne diye inanmıyorsun?

KONUŞULMAZ

Öğretmen sınıfı toplu halde sözlü yapıyordu. Tarih, coğrafya sorularından sonra tabiat bilgisi sorularına geçti ve ilk sorusunu sordu:

«Söyleyın bakalım, balıklar neden konuşmaz?»

Öğrencilerin hiç biri işin içinden çıkamıyor, sınıfta derin bir sessizlik hüküm sürüyordu ki, Temel cevabı yapıştırdı:

«Öğretmenum, sizun da paşunuzu suya soksam konişapilur misunuz?»

ÖRDEK SUYU

Nasreddin Hoca kırlarda dolaşırken, bir derede yaban ördeklerinin oynaştığını görür. İçinden:

- Ah şunlardan birini yakalasam da kessem. Bir güzel çorba pişirip mideme indirsem, diye düşünmüş. Hemen dereye koşmuş. Ama kendisinin dereye yaklaşmakta olduğunu sezen yaban ördekleri hep birden havalanarak kaçmışlar. Hoca ne yapsın? Derenin kenarına oturmuş. Torbasından çıkardığı somunu suya banarak yemeğe başlamış. O sırada yanına yaklaşan kır bekçisi bu işe bir anlam veremeyerek :

- Ne yapıyorsun Hoca efendi? diye sormuş. Hoca içini çekerek:

- Ne yaparsın? Ördeği tutamadık, suyuna tirit gidiyoruz işte...

KARŞI KARŞIYA

Temel'in kızı Fadime, babasından habersiz Cemal'e uyup kaçmış evlenmiştir.

Temel bu işe çok kızmıştır ama araya giren akrabaları sakinleştirmişlerdir.

Bunu fırsat bilen Fadime babasına:

«Uyy babaciğum sevgili kizuna evlenme hetuyesi olarak ne alaçasun?»

«Huyy, kizum hapuriye ne ettun, avucuma ki ne çarpayum suratuna...»

RÜFAİLER

Bektaşi erenlerden biri bir şişe rakıyı cübbesinin altında gizleyerek gidiyormuş. Yolda yeniçeri ağasına rastlamış. Ağa şüphelenerek sormuş:

«Cübbenin altında ne var?»

«Şişe var!»

«Şişenin içinde ne var?»

«İyi su var!»

«Ver bakayım şişeyi.»

Bektaşi şişeyi uzatırken:

«Rakı ol ya mübarek!» demiş.

Ağa, gülerek:

«Köftehor, demiş, suyu rakı yapmak marifet değil. Şurda bir yangın var, bir türlü söndüremiyorlar. Git de bir nefes et sönsün.»

«Yoo, demiş Bektaşi, ateşe biz karışmayız, ona rüfailer karışır!» demiş..

KAR İLE EKMEK

Hoca bir gün ahbaplarından birisine:

- Kar ile ekmek yemesini ben buldum, ama kendim de beğenmedim, demiş.

KESTİRME CEVAP

Bir gün Hoca oturmuş beş parmağıyla iştah ile pilav yiyormuş. Biri sormuş:

- Niye yemeği beş parmağınla yiyorsun?

- Altı parmağım olmadığı için, demiş.

HOCANIN PARASI

Bir gün Hoca'nın parasım çalmışlar. «Yarabbi, senin neye ihtiyacın vardı ki, paramı çaldırttın?» diye feryat ederek mescide gitmiş, sabaha kadar ağlamış.

O günlerde geminin birisi fırtınaya tutulmuş, içindekiler kurtuldukları takdirde. Hoca'ya biraz para vermeyi adamışlar.

Meğer verdikleri para, tam Hoca'nın çalınan parası kadarmış.

Hoca hayretle söylenmiş:

- Allah Allah, bir gece mescitte ağlamakla Cenab-ı Hak paramı geri gönderdi.

BİR MERAKIN SONU

Nasreddin Hoca yeni bir öküz satın almış. Öküz pek besili imiş ve iki tane de yay gibi kocaman boynuzu varmış. Hoca, «Boynuzların arasına binsem acaba hayvan ne yapar?» diye düşünüp dururmuş.

Bir gün öküzü otlarken görmüş. Fırsat bu fırsattır diyerek bir çalımına getirip iki boynuzunun arasına oturmuş. Fakat bundan huysuzlanan öküz, Hoca'yı kaldırıp yere çalmış. Beyni üstüne takla atarak yuvarlanan Hoca, kendini kaybederek oraya yığılmış. Karısı gelip Hoca'yı o halde görünce, öldüğüne kanaat getirerek avazı çıktığı kadar bağırıp ağlamağa başlamış.

- Hoca bir ara gözlerini açıp başucunda karısını perişan bir vaziyette görünce:

- Ağlama karıcığım, vâka epeyce zahmet çektim ama, hele şükür arzuma da nail oldum... demiş.

VASİYET

Nasreddin Hoca yine bir gün hastalanarak yatağa düşer. Bunu haber alan tanıdıkları, hemen ziyarete koşarlar. Ziyaretçi akınının bir türlü sonu gelmez. Üstelik Hoca'yı herkes çok sevdiğinden, yanından bir türlü ayrılmak istemez, saatlerce kalırlarmış. Bu da Hoca'nın canını sıkar ama, ne yapsın? Dişini sıkarak tahammül gösterir, ses çıkarmazmış. Bir gün yine pek de hoşlanmadığı tanıdıkları gelip saatlerce otururlar. Hoca yine bunalır. Nihayet kalkarlar içlerinden biri:

- Hoca, Allah sana çok uzun ömürler versin ama hani bir emri hak vâki olabilir. Böyle bir şey düşünerek bize bir vasiyet hazırladın mı? diye sorar. Hoca hemen:

- Evet! Der.

- Bu vasiyetin ne olduğunu söyle de bilelim.

- Vasiyetim şudur. Bir hastayı ziyarete gittiğiniz vakit yanında fazla oturmayın!

OĞLUNUN BABASI ÖLMÜŞ

Bir gün Hoca, siyah elbise giyip; sokağa çıkmış. Bazı dostları:

- Hoca, ne oldu, karalar giymişsin? diye sormuşlar.

Hoca:

- Oğlumun babası öldü de, yasını tutarım! demiş.

GARİP HOCANIN KİMİ VAR?

Nasreddin Hoca bir gün tarlada dolaşırken, üzerine bir fenalık gelir. Hemen kenardaki bir çukura uzanarak öldüğünü sanır. Gelip kendisini almalarını bekler. Ama kimseciklerin kendisini gördüğü yoktur. Böylece saatlerce yatmaktan da bıkar. Kendi kendine:

- Kimsenin geldiği yok, bari öldüğümü eve kendim gidip haber vereyim, diyerek kalkar, evine gelir. Karısına durumu anlatıp ahbaplarına ölmüş olduğunu haber vermesini söyleyerek tekrar tarlaya gider, aynı çukura uzanır.

Kadın da hemen feryada, saçlarını yolmaya başlar. Konu komşu gelerek ne olduğunu sorarlar. Kadın da Hoca'nın öldüğünü, tarladaki bir çukurda yattığını söyler. Tabii herkes bu habere üzülür. Cenazeyi getirmeye hazırlanırlar. Bu arada biri kadına sorar:

- Hoca'nın öldüğünü ve tarlada yattıgını sana kim haber verdi? Nasreddin Hoca'nın saf karısı şu cevabı verir:

- Garip Hoca'nın kimi var ki, koşsun, haber getirsin. Kendi gelip haber verdi.

BU KARANLIKTA

Bir akşam, Hoca'ya misafiri der ki :

- Sağ tarafında mum var, bana verir misin?

- Sen deli mi oldun a birader? Ben bu zifiri karanlıkta sağ tarafımı ne bileyim?

ATIN İSTEDİĞİ YERE

Hoca merhum, aksi bir ata binmiş. At alabildiğine koşuyormuş. Yolda biri sormuş:

- Böyle nereye Hocam?
- Atın istediği yere! cevabını vermiş.

POSTA TATARI

Bir kız, evlendiğinin üçüncü ayında doğurmuş. Çocuğa bir ad bulması için, Hoca'ya başvurmuş. Hoca düşünmüş taşınmış ve:

- Posta tatarı adını koyun! Demiş.

Sebebini sordukları zaman:

- Dokuz aylık yolu üç ayda alan çocuğa bundan başka ad yakışmaz, demiş.

KOKU ALMAK

Nasreddin Hoca bir gün evinde otururken, canı çorba çekmiş. Başlamış kendi kendine hayal kurmağa:

- Şimdi şöyle güzel bir yoğurtlu naneli yayla çorbası olsa... Bol limon sıkıp, karabiber serpsem. Şöyle kaşığa bir sarılıp mideme indirmaye koyulsam!

Tam o bu tatlı hayal içindeyken, birden kapı çalınmış. Komşusunun çocuğu elinde bir tasla gelmiş:

- Hoca Efendi, annem hastalandı. Bir parça çorba istiyor, demiş. Nasreddin Hoca:

- Hey Allahım diye ellerini havaya kaldırınış. Ne komşular vermişsin bize! Çorba hayalinin kokusunu bile hemen alıyorlar.

TAVUKLARIN MATEMİ

Hoca bir gün tavuklarının boğazlarına birer siyah bez bağladıktan sonra, salıvermiş ve sebebini soranlara:

- Anaları öldü de yas tutuyorlar, cevabını vermiş.

AY ESKİYİNCE

- Ay yenilenince, eskisini ne yaparlar? Nasreddin Hoca, hemen karşılığını vermiş:

- Kırpıp kırpıp yıldız yaparlar.

GİDEN GERİ GELMEYİNCE

Nasreddin Hoca bir ırmağın kenarında abdest alırken pabucu düşer. Su alır götürür. Hoca pabucu kurtaramayacağını anlayınca, bir kenara çekilir ve abdest bozarak dereye:

- Al abdestini, ver pabucumu! der.

O DAHA DELİ

Bir bey doktorun kapısını çalıp içeri girdi. Kendisini tanıttı:

«Bendeniz Aksak Timur... Yani Timurlenk,»

Doktor derhal yerinden doğruldu. Muayene odasının kapısını kapatıp hastanın yanına geldi. Bir iskemle çekip oturdu ve başladı konuşmaya:

«İnanın, kaç zamandır sizin gelmenizi bekliyordum... Şimdi başbaşa kaldık, sorayım bari: Allah aşkına ben Ankara savaşında ne hata işledim?»

PEKMEZE YOĞURT

Nasreddin Hoca merhum, yoğurdu pekmezle karıştırıp yemesini severmiş, ama, yine kendi kendine arasıra şöyle söylermiş:

- Yoğurt bulunur, pekmez bulunmaz! İkisi de bulunur. Fakat o vakit ben bulunmam.

ÖLÜ İLE KAVGALI

Hoca, Sivrihisar'da hatip iken, Subaşı ile kavga eder, nasılsa Subaşı ölür; gömerler. Hoca'ya:

- Gel, telkin ver, derler. O da:

- Başka bir hoca bulun, o benimle kavgalıdır, sözümü tutmaz! diye cevap verir.

RÜYADA KAÇIRILAN FIRSAT

Hoca uyurken rüyasında bir adamın kendisine dokuz akçe verdiğini görür. Bunları az görerek, adama bu parayı on akçe yapması için yalvarır. Bu sırada uykudan uyanır. Elinde bir şeyler göremeyince, gözlerini tekrar kapayarak: «Ziyanı yok, dokuz olsun, ben razıyım» der.

İYİ BİR ÇARE

Bir sene pamuk çiftçileri, pamuktan zarar görmüşler. Bunu gelip Hoca'ya söyleyerek:

- Acaba bu sene ne yapalım? diye sormuşlar

- Bunu bilmeyecek ne var, pamuk ekersiniz.

«KİM VERECEK OT?»

Hoca, eşeğine yem ve su vermek için karısıyla sık sık kavga edermiş. Kadın ev işlerinde yorulduğunu bu işin erkek işi olduğunu, bu nedenle eşeğin otunu kocasının vermesi gerektiğini söylermiş. Hoca da hiç hoşlanmadığı bu işi karısına yüklemeye çalışırmış.

Bir akşam yine bu yüzden tartışmışlar. Hoca, eşeğe ot vermeyeceğini kesin olarak söylemiş. Karısı da inat etmiş, ben de vermem demiş. Bu yüzden eşek o gece aç kalmış.

Ertesi gün de iki taraf inadından vazgeçmemiş. Zavallı eşek yine aç kalmış.

Üçüncü günü, eşeğin bu inat yüzünden açlıktan öleceğini anlayan Hoca dayanamamış:

- İyi ama karı! demiş. Sen zoti, ben zoti! Kim verecek bu hayvana oti?

AŞAĞIDAN YUKARI

Tırnarhaneden kaçan deli, tam müezzin ezan okurken minareye çıktı. Yarıda kestirdi ezanı, müezzinin koluna yapıştı :

«Hadi, dedi; atlayalım buradan.»

Aşağıda bekleyen kalabalık ne olacak diye merakla beklerken durumu kavrayan müezzin deliye:

«Bak arkadaş, dedi. Buradan aşağı atlamak bir şey değil. Marifet aşağıdan buraya sıçramaktır»

«Doğru» dedi deli. «Hadi inelim.»

YAKALAYAMADI

Yaşı çok ilerlemiş olduğu halde hâlâ evlenememişti kızcağız. Epeydir rahat bir uyku uyuyamıyordu. Durmadan korkunç rüyalar görüyordu. Sonunda doktora gitti. Anlattı durumu. Doktor sordu:

«Peki, dün gece ne rüya gördünüz?

Yaşlı kızcağız acıklı bir tavırla:

«Korkunç, dedi; çok korkunç! Şimdiye kadar gördüklerimin en korkuncu!.. Bir adam, beni kovaladı, kovaladı, kovaladı...»

«Sonra?»

«Ve yakalayamadı doktor bey!..»

GÖRÜNMEYEN ADAM

Delinin biri bir sicimi peşisıra sürükleyerek gezinirken, bir polise yaklaşıp sorar:

«Görünmeyen adamı göremediniz mi?»

«Hayır.»

«Zararı yok! Ama kendisini eğer görürseniz söyleyin üzülmesin! Köpeğini buldum...»

SU TESTİSİ

Hoca bir gün, dereye su testisini düşürmüş. Derenin başında beklermiş. Sormuşlar:

- Hoca, burada ne bekliyorsun? Hoca şu cevabı vermiş:

- Su testisini dereye düşürdüm. Çıkınca boğazına sarılacağım.

ACABA NASIL BELLİ OLUR?

Hoca'nın da hazır bulunduğu bir mecliste Arabistan'dan yeni gelmiş bir zat oralarda havanın son derece sıcak olması yüzünden halkın çırılçıplak gezdiklerini anlatırken, Hoca adamın sözünü keserek:

- Peki ama, orada kadınla erkek acaba nasıl belli olur? demiş.

KÖYÜN YABANCISI

Hoca'ya yeni gittiği bir yerde, bir köylü sormuş:

- Bugün günlerden nedir? Hocada:
- Bilmem, ben buranın yabancısıyım! demiş.

ÇAMURLU KUYRUK

Hoca merhum, bir gün eşeğini satmak için pazara götürüyormuş. Yolda hayvanın kuyruğuna çamur bulaşmış. Hoca, eşeğin kuyruğunu kesip heybeye koymuş. Pazara varınca adamın biri, eşeği satın almak istemiş.

Bunun üzerine Hoca demiş ki:

- Merak etme, hayvanın kuyruğu yabanda değil, pazarlıkta uyuşabilirsek, heybeden çıkarıp veririm.

KAZMA KILIFI

Çocuklar bir tek çizme bulup getirmişler. Hoca'ya:

- Bu nedir? diye sormuşlar. O da:
- Bilmeyecek ne var, kazmanın kılıfı demiş.

İPE UN SERMEK

Nasreddin Hoca merhum, komşularından birinin kendisinden bir şey istemesine fena halde kızar, istenen şeyi vermemek için elinden geleni yaparmış. Komşuları da Hoca'nın bu huyunu bildiklerinden, kendisini kızdırmak için fırsat düştü mü durmadan öteberi isterlermiş.

Bir gün komşularından biri yine Hoca'ya başvurarak çamaşır ipi ister... Hoca vermemek için:

- İp boş değil, üzerine un sermişler! karşılığını verir.

Komşu:

- Amma da yaptın Hoca, diye çıkışır. Hiç ipe un serilir mi?

Nasreddin Hoca da dayanamayarak ağzından baklayı çıkarır :

- Vermeye gönül olmayınca, insan ipe un da serer. Artık anlayıver!

ACEMİ BERBER

Nasreddin Hoca bir gün acemi bir berbere traş olmuş. Beceriksiz berber, Hoca'nın saçlarını değil, etini kesmeye ve her kanattığı yere pamuk koymaya başlamış. Buna fena halde kızan Hoca, berbere çıkışmış:

- Yahu, başımın yarısına pamuk ektin, bırak da öbür yarısına da ben keten ekeyim!

VİRAN EV

Hoca, karısıyla birlikte kiralamak için eski bir eve gitmiş. Evin tahtalarının sallandığını, ses çıkardığını görünce ev sahibine sormuş:

- Yahu neden bu tahtalar gıcırdıyor.

- Evimiz keramet sahibidir. İkide bir böyle aşka gelip zikreder. Deyince, Hoca karısına dönüp:

- Haydi kadın, çabuk sıvışalım. Böyle evliya yatağına girmeğe gelmez. Bir secdeye varırsa, yandığımız gündür! demiş.

VAZİFE TAKSİMİ

Hoca merhumun evinde bir gün kaza ile yangın çıkmış. Komşuları koşup Hoca'yı bulmuşlar:

- Efendi, evin yanıyor, haberini ulaştırmışlar. Hoca umursamaz bir tavır takınmış :

- Vallahi komşular... demiş. Bizim hatunla işleri aramızda taksim ettik. Ben evin dışında olup bitenlerle meşgul olurum. Hatun da evin iç işlerine bakar. Varın siz yangın haberini bizim hatuna verin!

HIRSIZ

Bir gece Hoca'nın evine hırsız girer, evde bulduğu bütün eşyaları çalar, evine götürür. Bu sırada onu gözetleyen Hoca, eşyasının kalanlarını sırtına alarak hırsızın evine götürür. Hırsız, hayretle sorar:

- Evimde bu saatte ne arıyorsun? deyince Hoca:

- Size taşınıyoruz ya! cevabını verir.

NEÜZÜ BİLLAH

Timurlenk, Hoca merhumla bir gün konuşurken, konu Abbasi Halifelerine gelmiş. Bu arada Timurlenk kendisine şöyle bir soru sormuş:

- Son Abbasi Halifelerinin adlarının sonunda, hep «billah» kelimesi var. Mütevekkil Billah, Mutasım Billah gibi... Acaba ben de Abbasi Halifesi olsaydım, adım ne olurdu?

Nasreddin Hoca, sertliği ve şiddeti ile şöhret bulan bu cihangire hemen en uygun düşecek adı bulmuş:

- Neuzü Billâh *(Allah'a sığındık, demektir).*

PAZARDA BİR SORGU

Nasreddin Hoca bir gün pazarda dalgın dalgın gezerken herifin biri, karşısına çıkıp sormuş:

- Hoca, bugün ayın dördü mü beşi mi?

Nasreddin Hoca, başını bile kaldırmaga lüzum görmeden:

- Ben ne bileyim. Ay alıp sattığım yok ki.

YALANLAMA

Bir softa camide vaaz veriyormuş :

«Enfiye çekmek günahtır!»

Cemaat arasındaki Bektaşi babası, dikkat edince adamın burnunun enfiye ile dolu olduğunu görmüş ve şöyle demiş:

«Hocam, hocam, burnunuz ağzınızı yalanlıyor!» demiş.

DAYAN ALLAHIM!..

Bekri Mustafa bir aralık Bursa'ya gitmişti. Orada hayli oturup oranın güzel havasından ve şifalı suyundan istifade ettikten sonra Mudanya yoluyla İstanbul'a dönmeğe karar verdi. Ve birkaç yolcu ile beraber yelkenli bir gemiye atladı.

Gemi, Mudanya'dan biraz açıldıktan sonra hava birdenbire değişti. Deniz coştukça coştu. Öyle ki gemi suyun üstünde adeta bir ceviz kabuğu gibi sallanmağa başladı.

Gemide yolcular telaşa düştü. Ekserisi tüccar olan yolcular, ellerini havaya kaldırıp kimisi:

- Allahım bu fırtınadan sağ salim kurtulursak sana bir koyun kurban edeceğim..

Kimisi:

- Ey Yüce Tanrım; şayet İstanbul'a sağ kavuşursam ahtım olsun, fukaralara bir teneke zeytinyağı dağıtacağım.

Kimisi:

- Bu fırtınayı atlatırsak, zavallı fakirlere servetimin yarısını bağışlayacağım.

Zengin tüccarların, bu adaklarını işiten Bekri Mustafa ellerini havaya kaldınp:

- Allahım! Dedi. Dayan; tüccarlar kızıştı, tam alış veriş zamanıdır. Fırtınayı dindirme de adaklar çoğalsın, bizim gibi fakir fukara da istifade etsin...

İLAÇ

Bir gün Bekri arkadaşlarından birisine rastgelmiş:

- Yahu! demiş. Böyle acele acele nereye gidiyorsun.

- Karım, ağzı açık olduğu halde uyumak adetinde idi. Dün akşam bu kötü adetin cezasını çekti. Onun için hekime gidiyorum.

- Ağzına bir şey mi girdi?

- Evet kocaman bir fare!

Bekri Mustafa gülümseyerek :

- Arkadaşı dedi. Hekime gitmeye lüzum yok. Hemen git karına bir kedi yuttur.

MEYHANE DÖNÜŞÜNDE

Malûm ya eskiden İstanbul sokaklarında çok başıboş köpekler vardı.

Bir akşam Bekri Mustafa meyhaneden dönerken önüne bir sürü köpek çıkarak üzerine saldırmışlar.

Bekri Mustafa sarhoş kafa ile onlardan kendini sakınmak için yere eğilip bir taş kaldırmak istedi. Tesadüf eline kaldırım taşlarından birisi rastgeldi. Taşın yerinden kalkmadığını görünce:

- Aman bu ne acayip memleket. Taşları bağlamışlar da, köpekleri salıvermişler. Diyerek koşa koşa oradan uzaklaştı.

KUL

Bektaşi, Mısır'a gitmiş. Sokakta yürürken süslü bir araba içerisinde sırmalı elbiseler giymiş birini görmüş ve yanındakine sormuş:

«Acaba Mısır firavunu bu mudur?»

«Yok, demiş adam, o firavunun kuludur.»

Bektaşi bunu duyunca ellerini havaya kaldırarak şöyle demiş:

«Hey Allahım, bir senin kuluna bir de firavunun kuluna bak!»

HAK

Nasıl Ayin yaptıklarını soran bir Bektaşi'ye Mevlevî:

«Hak, deyip döneriz!» demiş.

Bektaşi şu cevabı vermiş:

«Yok azizim, biz Hak denilince dururuz!»

SEBEP

Bektaşi canlarından birine sormuşlar.

«Niçin herkes kör, topal, çolak gibi sakat kişilere sadaka verir?»

Bektaşi cevap vermiş:

«Bir gün gelir de belki biz de onlar gibi oluruz diye düşündüklerinden!»

KUYRUĞUNDAN

Bektaşi canlarından birine, avcı dostlarından biri, kuş yakalamak için usta bir şahin vermiş. Bektaşi şahini alıp bir gün kıra çıkmış. Ormanda bir üveyik görür görmez şahini salıvermiş. Şahin hemen üveyiğe yetişip pençeleyerek kuşun gövdesini yiyip başını getirmiş. Usta denilen şahinin bu kötü huyunu gören Bektaşi'nin canı sıkılmış. Olayı bir tanıdığına anlatınca, adam:

«Aman, demiş, anlaşılan hayvanın yıldızı değişmiş. Yıldız değişince huyda değişir. Bir evliya türbesine adak adarsan iyileşir!»

Bektaşi bir mum ve yağ alarak şahini evliya türbesine götürmüş, şahinin iyi huylu olması için dua etmiş.

Bir kaç gün sonra yine kıra gitmiş. Havada büyükçe bir kuş görünce şahini salmış. Şahin ok gibi fırlayıp kuşa yetişmiş. İki kuş havada bir süre çarpışmışlar, Derken Bektaşi'nin ayakları dibine bir baş düşmüş. Ne görsün: Şahinin başı değil mi? Havadaki kuş şahinin başını koparıp atmış. Bektaşi kafayı alıp, adağını götürdüğü evliyanın türbesindeki sandukaya fırlatarak şöyle demiş:

«A iki gözüm, devletim! Evliyalığına evliyasın, büyüklüğüne büyüksün, ama ne yapalım ki lafı kuyruğundan anlıyorsun!»

ZÜĞÜRTLÜK

Bir Bektaşi seyahatte bir kaç zengin adamla yol arkadaşı olmuş. Her nasılsa yolda önlerine eşkiyalar çıkıp zengin adamlarda ne var ne yoksa soymağa başlamışlar. Adamlar çaresizlik içinde kıvranırken Bektaşi az ötedeki bir ağacın altına uzanıp kıkır kıkır gülmeğe başlamış, bir yandan da arkadaşlarını seyrediyormuş.

Soyulanlardan biri Bektaşi'ye kızarak bağırmış «Bre uğursuz! Biz burada soyulup soğana çevrilirken sen uzanmış bizi seyrediyor, halimize de kıkır kıkır gülüyorsun! Sende hiç yürek yok mu?»

Bektaşi, durumunu bozmadan cevap vermiş :

«Erenler! Ben bunca yıldır çektiğim züğürtlüğün kırk yılda bir faydasını gördüm, size değil ona gülüyorum... Bunu bana çok mu görüyorsunuz?»

GÖMLEK

Bektaşi erenlerden birinin gömleği kirden muşambaya dönmüş. Tanıdıklarından biri:

« Yahu, demiş, şu gömleğini yıkayıp temizlesene!»

Bektaşi, gülerek:

«Gene kirlenir!» demiş.

«Gene yıkarsın!»

«Gene kirlenir!»

«Gene yıkarsın!»

Sonunda Bektaşi şöyle konuşmuş :

«Ey imanım, biz şu ölümlü dünyaya gömlek yıkamağa mı geldik!..»

NASIL BECERDİN?...

Bektaşi'nin akşam yemeğine konuğu olduğu için eve giderken karpuzcuya uğramış:

«İyi karpuzların var mı?»

Karpuzcu birçok karpuzu okkaladıktan sonra:

«Peki, en iyisini ver bakalım.»

«Al da bunu ağız tadıyla ye!..» der.

Bektaşi karpuzu alır, yemekten sonra konuklarının önünde gururla kesmeğe başlar. İlk bıçak darbesinden sonra etrafı bir koku alır. Karpuz ikiye ayrılınca, foş diye çürümüş içi masaya yayılmış, her yer berbat olmuş. Bektaşi, utancından yerin dibine geçmiş. Sabahı zor etmiş, soluğu karpuzcuda alarak:

«Al şu mecidiyeyi, seni tebrik ederim!..»

Karpuzcu:

«Hayrola baba erenler, neyi tebrik ediyorsun?»

Bektaşi:

«Ulan, kesmeden, delmeden şu karpuzun içine nasıl sıçarsın! Seni tebrik etmiyeyim de kimi edeyim!..»

ZEKÂ

Cemal İstanbul'a yeni gelmiştir. Şehirde bir kilisenin çanını vakitli vakitsiz çalarken görür. Temel'i bulur ve sorar:

«Ula Temel, hau kilisenun çani niye çalayuuu.»

Temel düşünmüş ve:

«Görmeyimisun Çemal pirisu ipinu çekeyuda ondan çalayuuu...»

TACİR OLMAYI DÜŞÜNÜYOR

Bir Bektaşi, eşeğine odun yükleyip şehre gelirken karşıdan tüccar kılıklı iki adam peyda olarak, «Şu zındıkla alay edelim! diye Bektaşi'ye yanaşıp selam verince Bektaşi de durur eşeği de.

Tüccarlar işaretle:

«Bu eşeğin ne düşünüyor?»

«Odun taşımaktan yorgun düştü de, artık kasabada ticaretle uğraşmayı düşünüyor!»

YAP SALIVER

Aç, yoksul! Bektaşi, dere kıyısına oturmuş çamurdan adamlar yaparak eğleniyordu. Yoldan geçmekte olan biri merakla sordu :

«Kolay gelsin erenler, ne yapıyorsun?»

Bektaşi bir yandan işine devam ederken:

«Hiç, dedi; «Adam yapıyorum.»

«Olur mu, kolay mı adam yapmak.»

«Neden olmasın,» diye cevap verdi. «Rızkını vermedikten sonra yap yap salıver.»,

BİZİM KARININ AKLI

Nasreddin Hoca'ya bir gün:

- Karın aklını kaybetti... Demişler. Hoca düşünmeye başlamış

- Ne düşünüyorsun Hocam? diye sormuşlar

- Bizim karının zaten aklı yoktu ki kaybetsin. Acaba başka bir şey mi kaybetti düşünüyorum, demiş.

ALACAK

Temel Cemal'den alacaklıdır. Yıllardan sonra bu alacağını ister.

Cemal ise böyle bir borcunun olmadığını söyler. Anlaşmazlık mahkemeye kadar gider, Hakim sorar:

«Söyle bakalım Cemal, Temel'e olan borcunu niye ödemiyorsun?»

Cemal:

«Haçim bey ben Temel'u tanimayirum...»

Hakim üçüncü kez sorduğunda aynı cevabı alınca Temel kızar:

«Uyyy Çemaaal haçan sen penu tanimayisun, penta senu tanimayirum,» der.

Der ama davayı da kaybeder.

MANALI BAKIŞLAR

Temel, İstanbul'a yeni gelmiş şehirli arkadaşına dert yanıyordu :

«Uşağum, tun otobüste arkada otururken, piletçi pi ara sançi pilet almamuşim gibi manalu manalu pağaa paktu...»

Arkadaşı hemen sordu:

«Peki sen ne yaptın?» Temel cevabı yapıştırdı:

«Pen de sançi pilet almuşum gibi manalu manalu oğaa paktum...»

BEKRİ CAMİDE

Bekri, o gün her nasılsa camiye gitmişti. Namaz zamanına daha epeyce vakit vardır. Oturup dinlenmeğe ve etrafına bakınmağa başladı. Biraz ileride namaz kılan bir adam dikkatini çekti. Bu adamcağız boyuna namaz kılıyordu.

Bekri kendi kendine:

- Bu adam elliye yakın rekat kıldı. Bu kadar namaz acaba ne namazı diye söylenmeğe başladı.

Vaktaki adamcağız namazını bitirdi. Bekri hemen yanına sokulup niçin bu kadar rekat namaz kıldığını sordu.

Bunun üzerine ihtiyar adamcağız:

- Oğlum! dedi. Benim geçmiş namazlarım var onları ödüyorum.

Bekri, bu sözü dinledikten sonra, hemen ayağa kalkarak kıbleye karşı durup namaz kılmağa başladı. Dört rekat kadar kıldıktan sonra namazdan çıktı.

Bunu gören ihtiyar adamcağız:

- Evlat sen de ne namazı kılıyorsun ikindi ezanı daha okunmadı.

Diye sorunca Bekri ona şu cevabı verdi:

- Gelecek namazları kılıyorum bey amca!

İhtiyar hayretle:

- Olmaz. Hiç gelecek namaz kılınır mı? Dedi.

Bekri hiç fikrini bozmadan:

- Niye olmasın sizin veresiyeniz kabul olur da benim peşinlerim niye makbul olmasın.

Diyerek, camiden çıkıp gitti.

AHİRET POSTASI

Bekri bir gün Beyazıt meydanında dolaşırken bir cenazenin geçtiğini görür. Hemen onun önüne çıkarak tabutu taşıyanlara yüksek ve amirane bir sesle:

- Tabutu yere indirin ve olduğunuz yerde durun! Der. Cemaat afallayarak durur ve tabutu yere indirir.

Bunun üzerine Bekri Mustafa hemen eğilerek, tabutun kapağını kaldırır ve ölünün kulağına bir şeyler fısıldayıp çekilir.

Sonra cemaate dönerek:

- Haydi artık gidebilirsiniz, işimi gördüm. Cemaat, tabutu kaldırıp, namazı kılınmak üzere camiye doğru yollanırken Bekri'yi tanıyanlardan birisi yanına sokulup :

- Bekri! der. Demin cenazeye yaptığın hareket tuhafıma gitti. Ölünün kulağına eğilip neler söyledin?

Bekri, karşısındaki adama dik dik bakarak:

- Yahu der. Hiç birinizin aklına gelmedi. Bu adamcağız ahiret postasiyle öbür dünyaya göç ediyor. Her halde oradakiler karşılayıp havadis soracaklar. Tabii adamcağız, onların istedikleri gibi karşılık veremiyecek, onun için eğilip kulağına şunları fısıldadım:

- Dünya ahvalinden sana ahirettekiler sorarlarsa de ki: Bekri büyük camide vaiz oldu. Artık onlar dünyanın ne halde olduğunu anlarlar ve başka birşey sormazlar.

HAKLI İTİRAF

Bir gün Bekri, Balıkpazarı meyhanelerinden birinde içiyordu. Birdenbire, fazla kaçıran iki sulu sarhoşun arasında hiç yoktan bir kavga çıktı. Bekri, hemen ayağa kalkarak aralarına girdi. Bu sırada kavgacı sarhoşlardan birisinin attığı bir tabak Bekri'nin başına geldi. Bunu gören meyhaneci hemen Bekri'nin yanına koşarak:

- Aman beynine bir şey oldu mu arslanım, diye sordu.

Bekri Mustafa şu karşılığı verdi:

- Zaten beynim yok ki. Olsaydı, iki sarhoşun arasına girer miydim!

BEKRİ KADI HUZURUNDA

Bekri bir gün gene göze çarpacak bir halde içki içmişti. Onu gören devriye yakaladığı gibi doğru kadının huzuruna çıkarırlar.

Kadı, Bekri'nin sarhoş olup olmadığını anlamak için ona şu soruyu sordu :

- Senin Tanrın kimdir?

Bekri, gülümseyerek şu cevabı verdi:

- Kadı hazretleri. Bu sual sana ait değil. Onu kabirde sual melekleri münkir ve nekirler soracaktır.

Kadı; bu hazır cevaplığa gülerek, Bekri'yi affedip serbest bıraktı.

ŞAHİT

Bir mesele yüzünden Bekri Mustafa'yı mahkemeye şahit götürmüşlerdi. Hakim ona dönerek sordu:

- Şahadet edeceğin adam için iyidir, içki içmez, akşam ezanında evine gider, gürültüsüz bir adam diyorlar doğru mu?

- Evet efendim doğrudur.

- Peki sen bu zatı nereden tanırsın?

- Balıkpazarı'nda meyhanede tanışmıştık.

HER ŞEY GEÇER

Bekri Mustafa, bir gün eve dönerken şiddetli bir yağmura tutulur. Bir saçak altına sığınarak oldukça uzak olan evine götürmek için bir kira arabası bekler, saatlerce beklediği halde bir araba geçmediğini görünce derin bir göğüs geçirerek:

- Ah şu fani dünyada her şey geçer, her şey geçer de beni şu yağmurlu günde eve götürecek bir araba geçmez; der.

İFTİRA

Bir gün, mahalle muhtarı, Bekri'yi sıkıştırarak:

Bekri, dedi. Evden şikayet ediyorlar. Her gün eve sarhoş geliyor ve dışarıda güzel kadınlarla vakit geçiriyormuşsun.

- Yalan söylüyorlar. Benim eve hiç gündüz geldiğim yok. Gece de onlar uyuduktan sonra geliyorum. Nerden gördüler? Güzel hatunları da ancak rüyada görebiliyorum.

BİR DAHA VURACAK OLURSAN

O gün Bekri, ucuz bulduğu bir rakıdan biraz fazla satın almıştı. Şişeleri, kimse görmesin diye bir çuvala koyarak sırtına attı. Evine giderken yolda devriye rast geldi. Neferlerden birisi elindeki kalın sopayı, çuvalın üzerine biraz hızlıca vurarak Bekri'ye sordu:

- Burada ne var?

Bekri herifin yüzüne dik dik bakarak:

- Biraz daha vuracak olursan "bir şey yok" olur.

HALİM OLSA

Bekri; bir akşam haddinden fazla kaçırmıştı. Yalpa vurarak fırtınaya tutulmuş çürük bir tekne gibi sallana sallana evinin kapısına kadar gelebildi. Orada kesilip yere yıkılıverdi.

Bu sırada oradan geçmekte olan devriye onu görmüştü. Yanına yaklaşarak kolundan tuttular:

- Haydi kalk. Seni hükümet kapısına götüreceğiz.

Bekri evinin kapısını göstererek:

- Halim olsa evimin kapısına giderdim. Cevabını verir.

MEVLEVİLER

Bektaşi'ye mevlevilerin niçin döne döne sema yaptıkları sorulunca, mevlevilerden hiç hoşlanmayan Baba erenler şu cevabı vermiş:

«Onlar Bektaşi'lerin köçeğidir!»

OKLAVA

Eşi kocasının geç vakit meyhaneden gelmesini bekler. Elinde bir oklava vardır. Eşi sabaha karşı apartmana döner, ikinci kata vardığı anda, başına kapı önünde bekleyen bir bayan tarafından bir oklava indirilir. Merdivenler aydınlanınca oklavayı vuran kadın şaşırır ve özür diler:

«Ben sizi eşim zannetmiştim, çünkü oda her akşam eve geç vakit meyhaneden gelir de!»

Başına vurulan adam:

«Zararı yok böyle şeyler olur, asıl beni düşündüren, üçüncü kata çıktığım zaman başıma eşim tarafından vurulacak oklavadır.»

RÜYADA GÖRÜLEN BAKLAVA

Bekri Mustafa; sabah erken işine giderken yolda bir içki düşkününe tesadüf etti. Onu durdurarak dedi ki:

- Yahu! Sen biraz düş tabirinden anlarsın. Ben dün gece rüyamda bir tabak baklava yediğimi gördüm; bu ne demektir. Açıkgöz dostu:

- Bana bir akçe verirsen bunun manasını anlatırım.

Bekri Mustafa gevrek bir kahkaha salıvererek:

- Birader! dedi. Bende para olsaydı hiç baklava rüyama girer miydi?

ŞARAP

Kaliteli şarap meraklısı adam, büfedeki şarap şişesinin hızla dibine doğru indiğini görünce uşağını çağırdı :

«Bana bak Osman, dedi; şu şişeyi daha geçen akşam açmıştım. Nerdeyse dibine inmiş. Hiç bir şey anlamadım bu işten! Lütfen açıklar mısın?»

Uşak ellerini iki yana açtı:

«Haklısınız beyefendi, dedi; ama ben ne yapabilirim? Sadece ben değil, siz de içiyorsunuz.»

ALTMIŞ LİRALIK

Adam şehre uzakça bir gazinoda yemiş içmiş, iyice eğlenmişti. Gecenin bu saatinde şehirdeki evine dönmek için bir taksiye bindi. Evine en yakın köşeye geldiklerinde, şoföre sordu: «Borcumuz ne, arkadaş?»

«Altmışbeş lira ağabey.»

Adam cüzdanını çıkardı. Sadece altmış lira vardı içinde. Bütün ceplerini bir bir aradı. Hiç başka parası kalmamıştı.

«Kusura bakma, dedi şoföre. Beş liralık geri git. Sadece altmış liram kalmış.»

YALANCI

Biri bir Bektaşi şeyhine oğlundan yakınmış :

«Devamlı yalan söylüyor oğlum, ne yapacağımı şaşırdım. Siz ne tavsiye edersiniz şeyh hazretleri?»

«Hiç üzülmeyin. Ya politikacı yapın ya avukat. Bu konuda göreceksiniz çok başarılı olacaktır.»

ÇAM...

Motosikletli trafik polisi, hızla giden bir arabayı yakaladı.

Direksiyondaki adama durmasını işaret. etti. O durunca, motosikletinden indi ve yanına yak-laştı:

«Maşallah, marifetiniz sayılamayacak kadar çok! Kırmızı yanarken geç, aksi yönden araba sür! Üstelik de 150 kilometreden hızla yol al!..»

Şoför mahallinin yanında oturan genç kadın hemen söze karıştı:

«Kusura bakmayın memur bey, kabahat onda değil. Burnunun ucunu göremeyecek kadar sarhoş zavallı!..»

CESARET

Karı - koca fare, mahzende oturuyorlardı. Birden kulaklarına bir şıpırtı sesi geldi. Erkek gitti baktı; delik fıçılardan birinden şarap damlıyor.

Hemen çağırdı dişisini. Geçtiler damlaların başına bir güzel çektiler kafayı. Alkolün etkisiyle coşan dişi fare, erkeğin yanına yaklaştı. Erkek hiç oralı değildi ve merdivenlere doğru yürüyordu. Dişi fare seslendi:

«Sevgilim, nereye gidiyorsun? Gelsen de tatlı tatlı sevişsen olmaz mı?»

«Hadi yahu, dedi erkek; sana kim bakar! Ben şimdi kedinin hakkından gelmeye gidiyorum!..»

ŞARKI

Barmen, meslektaşına rica etti:

«Ne olur, yarın benim, evde bir işim var. Yerime sen bakar mısın?»

«Ama ben müşterilerini tanımam ki kardeşim...»

«Merak etme, hiç zor değil.. Özelliği olan sadece iki müşterim var: İkisi de sağır ve dilsizdir. Başparmaklarını aşağı doğru gösterirlerse viski verirsin. Yukarı doğru gösterirlerse bira... Tamam mı? Başka bir zorluk çıkarsa telefon et bana.»

Ertesi gün barmeni arkadaşını telâşla telefondan arıyordu.

«Alo, sorma başım dertte. Seninkiler geldi. Başparmaklarını aşağı indirdiler, viski verdim, yukarıyı gösterdiler, bira verdim... Fakat şimdi ikisinin de ağzı bir karış açık, bara dayalı öylece duruyorlar...»

«Ha, onlar sarhoş olunca şarkı söylemeye başlarlar da...»

TEPE

Ahmet Refik, Çallı İbrahim'e sordu:

«Akşamları nerede demleniyorsun?»

«Evde.»

«Neden?»

«Efendim, bizim ev dağ tepesinde... Orada içip aşağı inmek kolay, ama aşağıda içip yukarı çıkmak imkansız.»

DAHA ÖNCE

Sarhoşun biri taksiye binmiş ve bir otele götürülmesini istemişti. Şoför bir ara dikiz aynasından, yolcusunun soyunmağa başladığını gördü ve telaşla,

«Kolay gelsin! Daha otelde değilsin.» diye seslendi.

Sarhoş peltek peltek, «Ne!» diye heceledi. «Bunu bana daha önce söylemeliydiniz. Demin ayakkabılarımı kapının dışına bıraktım bile.»

«BÖYLE GİDERSE HİÇ»

Nasreddin Hoca, soğuk, rüzgarlı bir gün, eşeğine binmiş, evine gidiyormuş. Giderken de yolda kavrulmuş mısır unu atıştırıyormuş. Fakat her seferinde rüzgar, bu kavrulmuş mısır ununu uçuruyor, Hocanın ağzına hemen hemen hiç bir şey düşmüyormuş.

Hoca'nın bir tanıdığı kendisini görünce:

- Hoca ne yapıyorsun yine? diye kendisine takılmak istemiş: .

Nasreddin Hoca:

- Böyle giderse hiç!

BELKi

«Ahlak bozuldu, demiş biri, böyle giderse dünyanın altı üstüne gelecek!»

«Olsun, dedi Bektaşi, bakarsın altı üstünden iyidir!»

KÜFELİK

Bekri Mustafa, bir gün Balıkpazarı'nda öyle içmiş ki tam küfelik, olmuş, meyhaneci onu bir küfecinin sırtına bindirerek eve yollamış.

Bekri o vaziyette evine giderken, yolda sağa, sola yalpa vuran bir sarhoş görmüş. Küfecinin omuzuna vurarak:

- Sarhoşa bak, sarhoşa...

ANİ KARAR

Karısının ısrarı karşısında adamcağız güya bir daha içmemeye karar vermiş.

Karısı demiş ki:

«Kocacığım. Doğrusu bu kararına, bana bir kürk almış kadar sevindim.»

«Eh karıcığım, bu kararım artık bir kadeh rakıya değdi,»

DİKKAT

«Affedersiniz bayım, dikkat ediyorum her akşam iki şişe rakı alıyorsunuz, misafiriniz filan mı var?

«Hayır, bekarım ve yalnız yaşarım.»

«Şu halde?»

«Bir şişe rakı beni başka bir adam haline getiriyor ve bu sebeple ikinci şişeyi o başka adama sunuyorum...»

HALEP ORADA İSE...

Akşehir'e Suriyeli bir Arap Hoca gelmiş. Hocanın işi gücü övünmek imiş. Her gün bir şey uydurur, yok ben Şam'da iken bunu yaptım. Bir gün Halep'te iken şöyle ettim, diye atar dururmuş.

Yine bir gün konuşurken:

- Ben Halep'te şöyle bir hızlandım mı, bir hamlede altmış arşın atlardım, demiş. Bir arşın 70 santimetre kadar olduğuna göre, şöyle böyle kırk metre ediyor.

Aynı mecliste bulunan Nasreddin Hoca dayanamaz, mübalâğa ettiğini söyler. Suriyeli, palavracı olduğu kadar da inatçı imiş ille de atlardım diye dayatır.

Bunun üzerine Nasreddin Hoca:

- Peki, altmış arşınlık bir yer ölçelim, atla!

Suriyeli :

- İyi ama, Halep çok uzakta, taa orada... diye itiraz edince, Nasreddin Hoca şu yerinde cevabı vermiş:

- Halep orada ise, arşın buradadır.

ACELESİ NE?

İçki içen kocasına, yumuşak bir sesle:

«Bu kadar çok içmesen olmaz mı yani? dedi. İçki insanı yavaş yavaş öldürür.

Adam güldü:

«İyi ya işte, benim, de acelem yok zaten..,»

AMAN HOCACIĞIM

Bir gün kalabalık bir yerde hatibin biri içkinin kötülüklerinden uzun uzadıya bahsettikten sonra sözünü şöyle kesmişti:

- Her yerde içki sohbetleri gizli yapıldığını işittim. Hatta bir yerde bir çok gençlerin sabahtan akşama kadar işlerine güçlerine bakmadan toplanıp içki içerek eğlendiklerini iyi biliyorum.

İmam, hutbesini bitirip minberden inince, bu sırada camide bulunan Bekri yanına sokularak hafif bir sesle:

- Aman hocacığım, dedi. Şu gizli içki içilen meclisin yerini bana gösterir misin?

DEĞİRMEN TAŞI

Cemal ve arkadaşları toplanmışlar. Bir değirmen taşını dağdan dereye indirecekler. Fakat bir türlü beceremiyorlar. Derken Temel çıkageldi:

« Uyyy hapu taşu penum boynuma geçirun da yuvarlayın taaa.»

Cemal ve arkadaşları söyleneni yaparlar. Kısa zamanda taş ve Temel yuvarlana yuvarlana dereye değirmenin yanına iner. Öbürleri de koşarak aşağıya indiklerinde Temel'in başını kopmuş görürler. Tutar Temel'i karısı Fadime'nin yanına götürürler.

« Uyyy Fatimeee hapu Temel'un kafası varmiitu, yok mi itu?»

Fadime :

« Uyyy uşaklar Temel'un kafası helbette yokti. Eğer kafasi olsa idu hapu taşun içune girer miydu?.»

SADAKAT

İki kadın konuşurken laf dönmüş dolaşmış sadakate gelip dayanmıştı.

«Bak Fadime, istersen benden duymuş olma ama, Temel'i birkaç kere başka kadınların peşinde gördüm...»

Fadime büyük bir umursamazlık içinde:

«Ee, ne olacak cördü isen?»

«Peki bunlar seni ilgilendirmez mi?»

«İlcilendurur, ilcilendurur da, penim, Temel saduk çöpek gibidur... Et kokisuni alduğunda peşinden koşayı da sonunda gelup yemeğunu evde yeyi...»

ADAY

Partili bir aday, bir Karadenizli'nin kılavuzluğunda sarp bir dağ yolunda ilerliyordu. Tam derin bir uçurumun başlangıç noktasına gelindiğinde Karadenizli şöyle dedi:

«Aman beyum dikkat edun, zira puradan çok eşşekler uçuruma yuvarlanıp parçalandu!»

KERAMET

Yobazın biri Bektaşi'ye rüyasını anlatırken şöyle demiş:

«Kaç gündür hastayım. Dün gece rüyamda şeyhimi gördüm, bana: «Kalk ya namussuz!» dedi. Kalktım ki bir şeyim kalmamış. Sen buna ne dersin?»

Bektaşi cevap vermiş:

«Ne olacak, keramet ızhar etmiş!»

FARZ EDELİM Kİ

Temel'in küçük gemisi on kişilik tayfasıyla Karadeniz'in engin sularında yol almaktadır. Temel tayfalarını yanına çağırır:

«Uyyy uşaklar. Hapura da pi teneke altinumuz olsa idu ne edertuk?»

Uşaklar:

«Uyyy paylaşirtuk onlari...»

Temel öneriyi kabul eder ve altınları paylaştırmaya başlar:

«Uyyy... Onpeş altın pağa, pi altin süze, onbeş altın pağa, pi altın süze...»

Tayfalar buna itiraz ederler ve aralarında müthiş bir kavga başlar. Kıyasıya dövüşürler. Neden sonra Rize'ye geldiklerinde durumu mahkemeye intikal ettirirler. Mahkemede hakim olayı anlattırır. Hem Temel hem de tayfaları olduğu gibi anlatırlar. Bunun üzerine hakim:

«Peki getirin altınları» dediğinde hepsi bir ağızdan:

«Uyyy haçim bey pizum altinumuz falan yok, olacağinu farz edeyirduk...»

KULLANAMADIKTAN

Yeniçeri ağası Bektaşi'yi boş rakı şişesiyle yakalayıp azarlayınca, Bektaşi şöyle demiş:

«Ağa, ben de zina aleti de var, kullanmadıktan sonra o suçu işlemiş olmam ki!»

DESENE

Gurbette olan iki Karadenizliden biri, izinden dönmüş, hemşerisine köyden bilgi veriyordu.

«Memlekette kar yağdı, kurtlar çakallar köye indi» deyince arkadaşı sormuş:

«Bir zarar verdiler mi?»

«Sizin çilli horozu çakal kaptı?»

«Peki, köpek Karabaş neredeymuş?»

«Eşeğiniz Karabaşı çifteleyup öldürmüş!»

«Eşek değirmende değil miymiş?»

«Değirmenden babanın tabutunu getiriyormuş!»

«Uyy, babam öldü mü?»

«Öldü ya, ananın ölümüne dayanamadı!»

«Ah anam, o da mı öldü?»

«Eviniz yanarken kurtaramadık!»

«Uyy, desene ocağım söndü!»

YERİNE GÖRE

Temel Eskişehir'deki amcasını gördükten sonra İstanbul'a gitmek için trene biner... Ne var ki yanlış trene binmiş ve Ankara'ya gittiğini anlamamıştır... Biraz sonra karşısında oturan adamla ahbaplığa başlar:

«Hemşerum sen de mi İstanbul'a cideysun?»

«Yok, ben Ankara'ya gidiyorum.»

Temel bu cevap üzerine biraz şaşırır ve:

«Uy, adamlar işi nasul da ilerletmuşlar da haperumuz yok... Sen Ankara'ya doğri oturaysun seni oraya cötüreyu, pen İstanbul'a doğri oturayum peni de İstanbul'a cötüreyu...»

HA PU ÇOCUK NEREDEN OLDİ?

Baba Laz, yeni evlendirdiği oğlunu yanına almış, uzak ellere kalaycılığa çıkmışlar. Aradan beş yıl geçtikten sonra, oğlunu memlekete göndermiş. Lazoğlu memleketine dönünce bir de ne görsün? Karşısında dört tane çocuk var!..

Karısına:

«Ha pu çocuklar kimun?» demiş.

Karısı:

«Allah pağuşlarsa hepsu senun adam,» karşılığını vermiş.

Acayip duruma şaşan Laz, bir karısına bir de numara sırasiyle dizilen çocuklara öfkeyle bakmış, büyüğünden küçüğüne doğru, eliyle işaret ederek:

«Pu mektupla oldi?.»

«Pu selamla oldi.»

«Ha punu kendum piraktum.»

«Ha pu nereden oldi?» demiş.

İŞİN DOĞRUSU

Küçük Fadime, çocukluğu hakkında babasını sorguya çekiyordu... Anlattırdı, anlattırdı ta doğumuna kadar bütün geçmişini öğrendi... Fakat son bir sorusu daha vardı:

«Peci buba, siz palayuna cittuğunizde pen nereteydum?.»

Baba Temel bir süre düşündü ve şu cevabı verdi:

«Ciderken penumla, dönerken annenleydun...»

YER TAKSİMİ

Temel oğullarına yerlerini bölüştürür, sınırlarını tesbit eder. Bu bölüşümden herkes memnundur. Akşam olur herkes yatar. Sabahleyin Cemal kalkar, babasının kendisine vermiş olduğu yerleri gezmeye başlar. Bakar ki abisi Kadem onbeş metre kadar kendi tarafına geçmiştir. Cemal koşarak babası Temel'in yanına gider ve durumu babasına anlatır.

Cemal:

«Uyyy paba sen işu tüzeltecenmisun.»

Temel:

Piliğmisun Çemal hapu apinun uşakları fazladur.»

Cemal kızarak:

«Uyyy paba haçan sen hapu yeru pağa vertun... Sonra onbeş metresini de Kadem'e vertun...»

Temel:

«Vertum uşağım vertum.»

Cemal:

«Uyy penta senun pağa verdiğun yeru sağa vertum...»

BEYİN

Cemal bir lokantada, Temel'in yanındaki masada oturmuş ve garsondan bir beyin istemiştir. Cemal'in bu isteğine karşı Temel dayanamaz ve:

«Uyyy Cemaal ne tuhaf atamsun sen? Allah'tan istiyeceğuni hapuriye karsondan niye isteyisun?»

AÇIKGÖZ

Uzun bir tren yolculuğu sırasında koskoca kompartmanda bir Yahudi ile bir Karadenizli karşılıklı oturmaktadırlar... Aradan bir süre geçtikten sonra, Karadenizliyi safça gören Yahudi, onunla zeka oyunu oynamaya karar verir:

«Sen bilemezsen bana 50 lira verirsin, ben bilemezsem sana yüz lira veririm.»

Bu ilginç teklif üzerine safça görünen Karadenizli olur der ve ilk soruyu sorar:

«Hangi hayvanun üç ayağu vardur?»

- Yahudi kara kara düşündükten sonra:

«Bulamadım, al bakalım şu 100 kağıdı» der ve hemen sorar:

«Sen söyle bakalım, hangi hayvan üç ayaklı olan?»

Bunun üzerine Karadenizli gülerek:

«Pen de pilmiyorum... Al sen de şu 50 liranu...»

YÜRÜYELİM

Temel bir sabah işine gitmek üzere otobüse binmişti. Hava çok yağmurlu olduğu için otobüsler oldukça kalabalıktı. Yolboyu duraklardan da otobüse binenler oluyor ve içerde bir hayli sıkışmalar oluyordu. Bir taraftan muavin bağırıyordu:

«Yürüyelim arkadaşlar, ilerliyelim. Sağlı sollu yürüyelim, ilerliyelim...»

Temel'in kafası kızdı ve biletçiye :

«Uyyy temintenperu habire pagırayisun. İlerliyelum, yürüyelim teyisun amma haçan piz yürüyecek olsayituk hapu otopuse pinermiytuk...»

İKİ ORTAK

Temel ve Cemal Karadeniz'in Rize kentinde ortak ticaret yapmaktadırlar. Sonradan İstanbul'a gelirler ve ticaretlerine burada devam ederler, kısa zamanda zengin olurlar. Ancak aralarında bir anlaşmazlık çıkar. Kavga ederler. İstanbul'da bir eğlence yerinde Temel Cemal'i vurur öldürür. Neden sonra Cemal'in tarafları Temel'i şikayet ederler. Temel hakimin karşısına çıkartılır. Hakim sorar:

«Olay hakkında bildiklerini anlat?»

Temel:

«Uyyy haçim bey pen Çamallan eyu arkataşitum. Peraber çalişiyituk. Rize'den İstanbul'a gelmek için vapura pintuk denuzde pi talga, pi talga, pi talga. Tirapzon'a zor ile gelepiltuk. Ondan sonra güçlük ile Samsun'a ulaştuk. Haçim bey Zonguldağa çeltukki pi talga, pi talga, pi talga...»

«Bırak dalgayı da İstanbul'a gel» deyince Temel:

«Uyyyy haçim bey ha keleyum İstanbul'a da asasun penu taaa...»

BAŞI DERTTE

Temel bir hayli borçlanmıştır. Bir gün Cemal Temel'e sorar:

«Uyyy Temeeel, alacaklılarınla başun tertte mu?»

«Uyyy ödemeyirum ki porçlarimu. Asil onların başu penumle derttedur.»

TELGRAF

Karadeniz takımlarının 2. lig savaşı sırasında ilginç mücadeleler sergilenmiştir... Bunlardan biri de Rizespor için olanıdır... Federasyon Başkanının kendilerine söz verdiği halde 2. ligin çok uzaklarda olduğunu anlayan taraftarlar, kulüp binası önünde toplanmışlar, olayı protesto etmektedirler.

Seslerinin çok zayıf çıktığını belirten bir taraftar, ateşli konuşmasını kulüp binasının yanındaki bir inşaatın iskelesinin üzerine çıkarak sürdürür ve sonunda der ki :

«Paşpakana bir telgraf çekeceğim... Diyeceğum ki oğa, Rize Türkiye Cumhuriyetu sınırları içindeyuse alun pizi birinci lige, yok dişundaysa piz gelecek yul Rusya ligunda oynayacağız...»

KISKANÇLIK

Temel'in karısı çok kıskançtır. Bu yüzden her akşam kadın Temel'i baştan aşağıya muayene eder ve üzerinde uzun tüyler bulunca Temel'e türlü eziyetler edermiş. Bir gün Temel eve gelmeden kendini kontrol etmiş, uzun tüyleri falan atmış. Akşam kadını mutat aramasını yapmış, birşey bulamamış. Sonraki akşamlar yine öyle... Kıskanç kadın kızmış Temel'e, şöyle demiş:

«Uyyy Temel, pir zamana kadar uzun saçlu kadunlar ile düşüp kalkayidun, şimdu ise kellerlemu oynaşayisun?.»

DENİZALTI NEDEN BATMAZ?

Askerligini denizaltı eri olarak bitirmişti. Köydekilere ağız dolusu anlatıyordu. Nihayet içlerinden birisi dayanamadı ve sordu :

«Ula Hasan, bu tenüzalti teduğunda nedür ki?»

«Ha o bizim takaların suyun altında gidenidur.»

«Ne yapayi o?»

«Kapaklarını kapatayyi ve batayyi suyun içina, varayı tüşman şeherlerine açayyi o kapaklarini, atay mermilerini, yıkay evlarini, taş üstünde taş bırakmayyi.»

«Haçan o teduğun olur mi?»

«Niye lan...»

«Kapaklarını açar da o taka batmaz mi?»

«Uşşağum sen tenüze girmedun mi?»

«Girdum.»

«Heç ossurmadin mi?»

«Hee ossurdum.»

«Eee su kaçay mi la!»

DURUMA GÖRE

Fadime oldukça alımlı ve gelinlik çağında bir kızdır. Bir gün annesinin yanına sokulur ve sorar:

«Anneciğum. Temel pağaa bir cün evlenme teklif edeyse ne seçilde davranayim?»

Annesi büyük bir bilgiçlik içinde Fadime'ye:

«Haline pakaysun, yok çok heyecanlı ve sapırsiz ise tüşünmek içun pirkaç cün isteysin, yok oni tereddütlü cöreysen hemen atıl ve fiçrini değiştürmesi içun zaman pirakma...»

KÖTÜ YAZ

Fadime yavuklusu Temel'e sitem etmektedir:

«Sen peni atlataysun... Yaz evleneceğum temişun, nerede ise kış geleceğidur...»

Tabii bizim Temel cevabı yapıştırır:

«Pen hiç sözümden dönmemişumdur... Ha sen pu geçen yaza yaz mı deysun?»

BiT İLACI

Temel oğlu Cemal'i bit ilacı almak için eczahaneye göndermek ister. Ancak Cemal bu görevi yapmak istemez. Babası:

«Ula uşağım niye gitmeyisun eczaneye?»

Cemal:

«Uyy papaciğum hapuriye utaniyirum taaa.»

Temel:

«Utanma uşağum utanma, haçan pişe sorarlarsa sağa tersunki pen bu ilacu hetiyeluk aliyirum...»

TASLAK

Temel karısı Fadime'ye çıkışır:

«Erkeğin önemu şuntan pellikü. Çanabuhak pile onu katından önce yaratmiştur.»

Fadime:

«Şaşayirum akluna. Allah oni taslak olarak yaratmıştır.»

SÜRE BiTTi

Temel meyhanede taburenin üzerine tünemiş, önündeki bardağı bir dikişte boşaltıyordu. Onun bu halini gören Cemal yanına yaklaşarak sordu :

«Hayrola uşağum, nen far Karadenuz'de cemilerun mi patmiştur?»

Temel başını kaldırarak meyhaneye gelen arkadaşına baktı ve ona durumu şöyle açıkladı:

«Kaynanam penumle bir hafta konişmamaya yemun etti...»

Cemal bu açıklama üzerine derin bir «Ohh,» çektikten sonra sevinçle mırıldandı:

«Taha ne isteysun uşağum punun üzerune sevinmen lazım değul mi?»

Temel, «Ahh... Ahh!..» dedikten sonra şöyle cevap verdi:

«Doğri deysun da pugün konuşmama süresunun son cünü...»

ÖĞRENMİŞ

Temel, İstanbul'a gelmiş ve şehirli bir arkadaşının kardeşiyle evlenmişti... Aradan bir hafta geçtikten sonra karşılaştılar.

Karşılıklı konuşmadan sonra, arkadaşı Temel'e:

«Bak Temel evlilik sana yaramış... Eskiden hiçbir elbisenin düğmesi tam değilken, şimdi tam bir beyefendi gibi olmuşsun...»

Temel derin bir iç geçirdi ve:

«Toğru, toğru. Karım çok iyudur.. Pana bir haftada tikiş dikmesunu öğretti... »

DUVARDAKİ BOK

Temel ekmek parasını yâd ellerde, Almanya'da kazanan Türklerden biriydi. Askerliğinden sonra gurbete çıkmış ve Almanya'da evlenip çoluk çocuğa karışmıştı. İş ve ev çocukların büyümesi derken aradan 15 yıl geçmiş ve Temel bu 15 yılın sonunda Rize'nin köylerinden birinde oturan annesi ile babasını görmek için yurda dönmüştü.

Altında arabası, yanında çocukları ve bir yığın hediye ile birlikte köye geldiklerinde kendilerini bütün köy halkı karşılamış ve onları doğruca annesi ile babasının oturduğu eve götürmüşlerdi.

Tam Temel evden içeriye girecekken küçük oğlu Cemal, babasını dürttü ve evin duvarındaki kahverengi şeylerin ne olduğunu sordu:

«Ha, onlar mi, onlar tezektür uşağım...»

Cemal bu kez daha merakla sordu:

«Peki baba, tezek nedir?»

«Tezek, inek bokudur uşağum...»

Çemal bir süre kafasını kaşıdı ve bir şey anlamamışcasına tekrar sordu :

«Peki baba, herşeyi anladım da, inekler duvara nasıl yapıyorlar onu açıklar mısın?»

NE KORKAYSUZ

Bir köşede işiyordu ki, birkaç hanımın aniden önüne çıktıklarını ve ürktüklerini görünce:

«Ne korkaysuz» dedi, «Tutayrum ben oni!»

KİM YAPIYORMUŞ?

Temel Ağa kızını evlendirmişti. Kız da kızdı hani... Katır kutur... Kiraz dudaklı, elma yanaklı... Göğüsleri taş gibiydi... Kalçaları yuvarlacık, bacakları da bacak!.. Davullu zurnalı parlak bir düğün yapıldı. Zifaf gecesinin ertesi sabahı, damat Temel Ağa'nın karşısına dayanıp sızlanmağa başladı:

«Kızın, iyi, güzel hoş ama, dün gece bakire çıkmadı...»

Temel Ağa, faltaşı gibi açılan gözlerle damadının yüzüne uzun uzun baktı, bir süre derin derin düşündü, taşındı, yutkundu, sonra hırsla bağırdı:

«Ülen bu kaltağın anası da böyle çıkmıştı... Kim yapeyi bunları?»

YENİ KAPTAN

Gemi kaptanı yolculuk sırasında geçirdiği kalp krizi sonucu öldü. Yolcular kendi aralarında yeni, bir kaptan seçtiler. O sırada birden bir fırtına çıktı. Acemi kaptan yanındaki tayfaya dönerek:

«Çabuk, bana bir pusula getir,» dedi.

Tayfa bütün aramalarına rağmen bir pusula bulamadan geri geldi. Bu kez kaptan bir harita istedi. Tayfa birkaç dakika sonra içeri girdiğinde eli yine boştu. Boynu bükük konuştu:

«Cetiremedim kaptan!» Kaptan biraz önceki kızgınlığın aksine yumuşak bir sesle konuştu:

«Öyleyse, çapuk darafindan kelime-i şehadet getir...»

VAR MI BENDE O GÖZ

İstanbul'da yaptığı bir meydan kavgasında bir kişi öldürmüş ve iki kişiyi de ağır şekilde yaralamıştı. Hakim olayı anlat diye ayağa kaldırdı:

«Çıktık Tırebizondan, haçan geçtik Yorozu, gelduk Akçaabada. Yeduk orda hamsiyi. İskefiyede verdik molayı, Vakfıkebirde içtuk çorbayi. Eynesil'de düzdük komanyayi, Görele'de varduk uykuya»

«Oğlum, bırak bunları, hadiseyi anlat hadiseyi?»

«Tireboli'dan sonra kelduk Espiyaya, geçtuk Kiresun'u, vardık akşam Bulancak'a.»

Evladım şu limanlan çabuk geç ve gel şu İstanbul'a.. .»

«Aman ireyiz bey» dedi, bizimki «Keleyumda atasın beni teluğa. Var mi bende o göz...»

BALIĞIN DİŞİSİ

Bir er çarşıdan balık almış gidiyordu İkincisi sordu:

«La Hasan, dedi. Hau paluhlar tişi midur, erkek mi?»

Erkektir, erkek.,,»

«Tişidur...» Münakaşa uzayınca, içlerinden biri:

«Kel,» dedi, Soralım da bizim yüzbaşıya..»

«Senin yüzbaşın pilir mu la baluğun tişisini erkeğini?»

«Bilmesine pilmez, ama ha onin teduğu teduktur.»

ŞEZLONG

Karısını evinde dostu ile yakalamıştı. Yılda bir defacık olsun şöyle uzanıp yorgunluğunu dindirmek için binbir fedakârlıkla aldığı şezlongda sevişirlerken üzerlerine gelmişti. Meseleyi orada halledeceği yerde, usulca dışarı çıktı. Ateş püskürüyordu. Rastladığı arkadaşı sordu :

«Hayrola bu ne tafra böyle?»

«Yiycum oni, mahvedecum oni, gaybedecum oni parçalaycum oni!..» diyordu; hadiseyi kısaca arkadaşına çıtlattı:

«Niye elini kana bulayacaksın?» dedi. «Boşa, defet başından, yazık değil mi sana? Ayrıldılar. Birkaç gün sonra karşılaştıklarında yüzü gülüyordu. Arkadaşı merak etti:

«Ne yaptın, dedi. İnşaallah kazasız belasız halletmişsindir?»

«Teduğum gibi yaptım.»

« Yoksa parçaladın mı?»

«Yok,» dedi bizimki. «Sattum ha O şezlongi!..»

ANAMA SAKLAYİM

«Ula Demel memleçete cettun mi?»

«Cettum ula.»

«Hamsi yedun mi?»

«Yedum..»

«Ha osurda bi goklayim.»

«Vallah bir vartam galdı, onu da anama saklayim.»

BEKRİ İLE DALKAVUK

Bekri Mustafa, dalkavuklardan birisiyle konuşurken laf arasında dalkavuk der ki :

- Çok para harcıyorum. Fazla masraf yapmamak için çare nedir?

Bekri hemen şu karşılığı vermiş:

- Bu güç bir şey değil, siz namaz kılmadığınız için imama, başınız kel olduğu için berberbaşıya, hergün de ziyafetten ziyafete koştuğunuz için yemeğe para vermezsiniz, böylelikle masraflarınız kısalmış olur.

İMANIN ALÂMETİ

Zevk ve safa meclislerinin birinde Bekri Mustafa orada rastladığı bir hocaya der ki :

- Bari şu başındaki sarığı çıkar.

Hoca kaşlarını çatarak:

- Yoook bu olmaz. Çünkü sarık imanın alâmetidir. Onu çıkarırsam imanım gider.

Bekri cahil hocanın bu sözünü işitince :

- Hocam, der. Öldüğün zaman da, başında sarık olduğu halde mi mezara gideceksin?

Hoca «Hayır» diye karşılık verir. Bunun üzerine Bekri ona şunu der:

- Öyle ise hocam öbür dünyaya da imansız gideceksinl..

FATİHA

Bekri Mustafa, bir gece körkütük sarhoş, Karaca Ahmet mezarlığından geçerken yüksek sesle nâra atar. Bu sırada oradan geçmekte olan devriyeler yakaladıkları gibi Selimiye kışlasına götürürler. Oranın kumandanının huzuruna çıkarırlar. Kır sakallı bir paşa olan kumandan:

- Söyle bakalım, mezarlıklar arasında ne yapıyordun? Diye sorar. Bekri hiç istifini bozmadan.

- Fatiha okuyordum! Diye karşılık verir.

Paşa hiddetle :

- Demek nâra atmak, fatiha okumak mıdır? Diye çıkışınca, Bekri:

- Hayır efendim, der. Fakat orada yatan bundan anlar. Bu karşılıktan çok hoşlanan kumandan Bekri'yi serbest bırakır.

ÇENGİNİN SESİ

Bekri Mustafa zengin bir arkadaşının tertip ettiği eğlentiye gitmişti. Mükemmel bir saz takımı çalıyor. Çengi Nazlı adında bir kadın da şarkı söylüyor, oyun oynuyordu. Bir aralık, Bekri'nin yanında oturan davetlilerden birisi hafif bir sesle sordu:

- Şu şarkı söyliyen çengi kadına dikkat ettin mi? Ağzını açtığı zaman gözlerini kapıyor. Neden acaba?

Bekri hemen şu karşılığı verdi:

- Her halde berbat sesinden dinleyicilerin çektikleri sıkıntıyı gözüyle görmemek için olacak.

HOCAYA CEVAP

Bekri Mustafa'ya bir gün, hocanın birisi sormuş:

- Niye bu kadar fazla içiyorsun? Bekri gülümseyerek şu cevabı vermiş:

- Öldükten sonra kıyameti beklemek için hayli yıllar geçecek, şimdiden fazla içiyorum ki o zaman aramıyayım.

BEKRİ HASTA

Bekri Mustafa, bir gün hastalanmıştı. Kendisine hekim çağırılarak iyice muayene edildi. Hekim hastanın etrafındakilere:

- Hastanızdan ümidi kesin ve onu rahat bırakın! deyince, Bekri yorganın altından başını çıkararak şunu söyler:

- O halde, dışarı çıkıp mumu söndürun ziyan olmasın!"

KAPTAN PAŞA KARIŞIR

Devriyeler bir gün Bekri Mustafa'yı bahçeli bir meyhanede gizli gizli içerken yakalamak isterler.

Bekri, hemen orada bulunan bir havuza kendini atar, bunu gören Ases başı:

- Çık bakalım oradan! Der.

Bekri Mustafa, suyun içinde titriyerek şu cevabı verir:

- Ben deryadayım, bana sen değil, Kaptan paşa karışır...

BURNU UZUN

Bir gün İstanbul'da Temel'e sorarlar:

Yahu Temel, sizin Karadenizlilerin burunları neden uzun?»

Temel düşünür ve şöyle der:

- Pakun hemşerularum. Karadeniz bölçesunte içlum rutubetlitur. Pu yüzden herkes nezle olur ve purunlarimuzu çekeruz çekeruz ta ondan uzamişturlar...»

BİR KERE İÇMİŞ

Bekri Mustafa'ya sormuşlar:

- Bekri; sen ömründe kaç kere içtin?

Hemen şu cevabı vermiş:

- Ben ömrümde bir kere içtim, ondan sonra hep mahmurluk bozdum.

BÖYLE İÇTİM

İçkinin yasak olduğu sıralarda Bekri Mustafa'yı menhut cürüm halinde yakalarlar. Elindeki şişe ile Bostancıbaşının (1) huzuruna götürürler.

- Bostancıbaşı Bekri'yi sert bir suratla karşılayıp sorar:

- Utanmaz herif, bu zıkkımı nasıl içtin?

Bekri Mustafa, elinde tuttuğu şişenin dibinde kalan rakıyı ağzına götürerek:

- Böyle içtim efendim!.. Diye şişeyi boşaltır.

(1) o zamanın polis komiseri.

KİMİNE SAZ...

Hanımefendi, akşam yorgun argın işten eve dönen kocasına, kayıtsızca başladı anlatmaya:

- Biliyor musun, bu sabah Kızılay' dan birileri geldi, Verem Haftası için bazı eski eşya istediler...»

«Verdin mi bir şeyler?»

«Elbette! Hoş, hala giyilebilirdi, ama senin şu 9 yıllık pardösünle benim geçen yıl aldığım 5 eski elbisemi ve 6 ay önce aldığım halde, modası geçen tayyörümü verdim!»

BÜYÜK DÜŞMAN

Su yerine rakı içen Bekri Mustafa günün birinde hastalanır. Acıyla kıvranırken yanındakilerden su ister. Onlar da, muziplik olsun diye...

- Öbür dünyaya gideceksin, suyu ne yapacaksın? Diye sorarlar, o da:

- İnsan öbür dünyaya gideceği zaman en büyük düşmanlarıyle bile barışmalı! diye cevap verir.

EVİN YOLU

Bir gün, Bekri iyice sarhoş olmuştu. Öyle ki sağını solunu bile ayırmaktan aciz kalmıştı, Yolda rastgeldiği bir adama sordu :

- Hemşeri, bizim eve bu sokaktan gidilir mi?

- Peki, evin nerede? Bekri, kahkahayı basarak:

- Birader! dedi. Ben evimin nerede olduğunu bilseydim sana sorar mıydım?

ÇOCUKLARA MEZE

Bekri bir gün erkence, tanıdığı bir meyhaneye damlar. Meyhaneci o ara dışarıda görülecek biraz işleri olduğundan:

- Mustafa! Der. Ben gelinceye kadar sen meyhaneyi idare et, gelen müşteriye göre meze hazırla, bu akşamki rakın benden.

Bekri Mustafa; bu teklifi memnuniyetle kabul eder, meyhaneci içi rahat bir halde giyinerek sokağa çıkar.

Biraz sonra henüz bıyıkları çıkmamış iki genç gelip bir şişe rakı ile kendilerine uygun bir meze isterler.

Bekri, hemen karşıdaki muhallebiciye koşup bir kâse muhallebi alır, çocukların önüne koyar. Onlar da, «bu ne?» diyerek hayrette kalınca Bekri Mustafa:

- Vallahi der. Sizin için bundan daha münasip bir meze bulamadım.

UYARI

Bir lokantanın masalarında, müşterilerin dikkatine diye şöyle bir kart yazılmıştı:

«Müessesemizde müşteri daima haklıdır. Eğer sigaranızın külünü fincanınıza silkelemek ve izmaritini fincanına basıp söndürmek gibi bir alışkanlığınız varsa, garsona hemen haber verin :

«Kahvenizi size küllük içinde ikram edecektir.»

OPERADA

Küçük Ali annesiyle operaya gitmişti. Bir ara annesinin kulağına fısıldadı :

- «Anneciğim, sahnedeki teyze niye bağırıp duruyor?»
- «Sus oğlum, ayıp! Bağırmıyor, şarkı söylüyor.»
- «O halde, orkestranın önündeki adam niye ona sopasını sallıyor?»

İKRAM MI SANDIN

Gümrükçü, kesin dönüş yapan işçi vatandaşa sordu:

- «Konyak Şampanya? Viski? Amerikan sigarası, ha?»

Bizimki son derece ciddi başını sallayıp, cevap verdi:

- « Yok abi, sağol! Aç karnına içmek adetim değildir!»

TOK SÖZLÜ

Bir tavuk lokantasında, verdiği sipariş bir türlü gelmek bilmeyen müşteri sabırsızlanmaya başlamıştı. Garsonu çağırıp,

«Oğlum, nerede kaldı bizim yarım piliç kızartması?» diye sordu.

«Bir başka müşteri öbür yarısını sipariş edince hemen getireceğim!» diye büyük bir ciddiyetle cevap verdi garson. «Herhalde size yaranacağız diye zavallı hayvanı boş yere ikiye bölmeyeceğiz, değil mi?»

AMAN KEPAZE OLDUM

Bekri Mustafa bir gün sokağa çıkıp meyhaneye gitmeğe üşenerek rakısını evde içti, kafası dumanlanınca :

- Bu kez az geldi; Agobun meyhanesine gidip bir iki tek daha atmaktan başka çare yoktur.

Diyerek, sarhoşlukla annesinin hotozunu, feracesini giydi ve öylece meyhaneye gitti. Bunu gören Agop hemen ona bir ayna çıkararak yüzünü ve kılığını gösterdi.

Bekri Mustafa; hiç istifini bozmadan feracenin eteğiyle yüzünü kapatıp oradakilere:

- A... Ayol kepaze oldum vallahi. Bu kıyafetle sokağa çıkmışım. Kocam bu halde beni görürse ne söyler? Diyerek oradan savuştu.

TERBİYE MESELESİ

Çok utangaç, ama çok iyi terbiye görmüş bir delikanlı, aşık olduğu genç kıza evlenme teklif ediyordu:

«Hanımefendi!» dedi olanca şiddetiyle:

«Size çocuklarımın annesi olmayı kabul edip edemeyeceğinizi sormaya geldim. Söyleyin, nedir cevabınız?

Genç kız, olanca saflığıyla cevabını hemen verdi:

- «A! Elbette ederim! Kaç çocuğunuz var acaba?

ATINI ALSIN

Temel komşusunun atını almış, uzak bir Karadeniz köyüne düğüne gitmiş. Atı müsait bir yere bağlayarak düğün evine çıkmış. Kendisi gibi uzaktan gelen diğer davetliler de atlarını Temel'in atının yanına bağlamışlardır.

Akşam üzeri düğün dağıldığında, Temel atını alıp geri dönecek ama acaba hangi at kendisinin, bir türlü karar verememektedir. Bu meyanda diğer atların sahipleri de orada toplanıp dönüş hazırlıkları içindedirler. Temel'in işi acele olduğu için bir an evvel gidecek ama atını tanıyamıyor. Bir an düşünür ve tabancasını çeker:

«Uyy uşaklar, hapuriye herkes atinu alsun pen penum atimu vuracağum taaa.»

Bunun üzerine oradakiler hemen atlarına binerek uzaklaşırlar. Temel'e de kendi atı kalır ve bir yanlışlık yapmaktan kurtarır kendini.

DEĞİŞTİR

Cemal yeni evlenen arkadaşı Temel'in karısını görmüş ve hiç beğenmemiş... Bir gün Temel'le karşılaştığında ona sorar:

«Temel ha pu cirkin karuyla neden evlenmişsundur?.»

«Dışı çirkundur ama içi cüzeldir... Huyu çok cüzeldir,» der Temel.

«Öyleyse ters yüz edeysun oni.»

O KIZLA

Temel'le Cemal, evlilik üzerine konuşuyorlardı.

Temel:

«Pen seğun yerune olsam o çizla çözü kapalu evlenirdum.»

Cemal:

«Neden? O kadar çirkun midur?.»

NE YAPARMIŞ?

Sabah talimi sırasında tepelerin ardında bir ağaç altında yatan Temel'i yakalayan yüzbaşı, hemen onu hazırola çekip, sorar:

«Mesleğin nedir senin?»

«İnşaat kalfalığı yüzbaşım...»

«Sen bir işçiyi inşaatta böyle yakalasaydın ne yapardın?»

Temel hazırolda cevabı yapıştırır:

«Hemen işune son verurdum komitanum...»

ÇiFTE SUÇ

Karadenizli bir ağa, gece evine oldukça sarhoş bir halde gelmiş. Kendisini kapıda karşılayan uşağına üzerini gösterdikten sonra yayvan bir sesle:

«Ha punları sabaha temiz edesun... Muhtar üstüme kusmuştur.»

Uşak, «Peci,» demiş ve sabahleyin temiz elbiselerle ağasının karşısına geldiğinde, şöyle konuşmuş:

«Ağam, muhtar saduce üzerinüze kusmamış, ayruca pantoloninuza da sıçmuştur...»

SORUN YOK

İstanbul'a gelip arkadaşını görmek için Haydarpaşa'dan kayığa binen Temel, Kadıköy'e gitmektedir... Bir ara dalgadan sandal sallanır ve Temel'in bavulu denizi boylar... İhtiyar kayıkçı:

«Bavulunu tutsaydın denize düşmezdL.. Ne olacak şimdi?»

Temel gayet sakin cevap verir:

«Meraklanmayasun pabacuğum, anahtaru pendedur...»

RANDEVU

Temel, İstanbul'da buluşacağı Cemal'e mektup yazar ve şöyle randevu verir :

«Ha uşağum, önimüzdeçi Pazartesi cünü peni şafak vakti terminalun karşusunda pekle. Yatsi ezanuna kadar celdum celdum, celmedum, celmedum...»

GARSONİYE

Temel lokantaya gider. Yemeklerini ısmarlar ve yer. Sıra hesap ödemeye gelince garson önüne bir fiş getirir. Fişte çorba pilav, köfte, tatlı ve bir de garsoniye yazar. Temel'in kafası garsoniyeye takılır. Şöyle der garsona:

«Uyyy hapuriye pen çorpayu yetum, pilavu yetum, köfteyu yetum, tatliyu yetum, amma şu karsoniyeyu yemetum taaa. İnsan insandan yemeduğu yemeğun parasinu ister mu?.»

KAZUK

Temel çok zor durumda kalmış ve ettiği duaların birinde eğer sıkıntıdan kurtulursa elinde kalan bir tek koyunu da kurban edeceğini mırıldanmıştır.., Aradan bir süre geçip Temel sıkıntıdan kurtulunca sıra adağın yerine getirilmesine gelir... Temel'in gönlü koyunun kurban edilmesine bir türlü razı olmayınca şöyle mırıldanır:

Ey Tanrum piz lazuk,
Piraz da madrabazuk...
Ha pu uşağuna da yazuk
Attum sağaa pi kazuk.

KAVGA

Temel ile Cemal kavga ederler. Önce sözle başlamışlardır. Temel'in dedesi ile oğlu Kadem yanındadır. Buna karşılık Cemal yalnızdır. İşi iyice uzattıklarında Cemal:

«Uyyy Temel sen töğomesun penuuu... Ha puriye Allahum vardur...»

Temel:

«Ula Çemaaal senun Allahun penum da Allahum. Tökeceğum senu... Yanumta tetemle Kadem vartur.»

BOŞUNA MI?

Temel ölüm döşeğindedir. Karısı Fadime'yi yanına çağırır:

«Fadime, hizmetçi kızla aldatiydum seni, beni affet.»

«Piluyrum, boşina mi zehirledum seni sanaysun?»

CÜMBÜŞ

Birkaç Bektaşi dervişi, Kağıthaneye giderler. Köprüye yakın bir yerde nevalelerini açıp, içmeğe başlarlar.

Cümbüşe başlayacakları sırada üçüncü Selim'in saltanat kayığı, yakınlarından geçmesiyle ne yapacaklarını şaşırırlar. İçlerinden birisinin ihtarı üzerine de sofrasının üzerine bir örtü örterek namaza dururlar. Ama meze takımları, sürahileri, açıkta. Padişah işin farkına varır. Bir müddet dervişleri seyreden padişah:

«Bu ne acayip namaz. Hiç rükûu, sücudu yok!»

«Efendimiz,» der, nedimi. «Secdeye varırlarsa, bir daha başlarını kaldıramayacaklarından korkarlar.»

MÜSLÜMAN OLSAN

Bektaşinin biri, ramazanın sıcak bir gününde sokaktan geçerken, bir Yahudinin karpuzu dilim dilim keserek sattığını görür.

Dili damağı birbirine yapışan Bektaşi, yanaşarak sekiz on dilim karpuz yer ve parasını vermeden de sıvışmağa yeltenir.

Yahudi:

«Efendi, karpuzların parasını vermedin!..»

Bektaşi:

«Bizim kitapta,» der. «Kâfirin malı, müslümana helaldir» diye yazıyor.

«Bizim kitapta da öyle yazar, ama sana ne? Müslüman olsan oruç tutarsın!..»

TAD

Bektaşi'nin biri yazın sıcağında seyahat ederken, bir su kenarına canını zor atar. Gölgesine sığındığı ağaçtan, biraz sonra meyveler düşmeğe başlar. Karnı acıkmış olan baba, bunlardan bir kaç tanesini ağzına atmasıyla:

«Hay Allah kahretsin, murdar şey,» diye küfretmesi ve çıkarıp atması bir olur.

Biraz ilerde oturan bir softa bunu işitince:

«Behey mel'un, zındık herif, Allah'ın Kur'an'da methettiği mübarek zeytine böyle küfredilir mi?»

«Demek Allah'ın Kur'an'da methettiği mübarek meyve budur öyle mi?» Ve avucuna bunlardan bir kaç tanesini alarak başını havaya kaldırır :

«Hey Allahım, şu nesneyi methetmeden önce bir defacık olsun tadına bakmadın mı?»

ABDEST

Bektaşinin biri bir sofuya misafir olur. Namaz vakti gelince sofu:

«Erenler, kalk namaz kılalım!..» der.

Bektaşi:

«Eyvallah mirim!..» diye kalkar, beraberce namaz kılarlar. Bir aralık sofu, Bektaşinin abdestsiz namaz kıldığının farkına varır ve sorar:

«Sen galiba namazı abdestsiz kılıyorsun. Zira abdest aldığını görmedim!»

«Behey imanım,» der, Bektaşi, «Namaz kıl dedin kıldık. Şayet buyurursan abdest dahi alırız...»

İNAT

Bektaşi bir kasabadan geçiyormuş. Bakmış ki çoluğu çocuğu, büyüğü, küçüğü feryat edip ağlaşırlar.

«Ne oluyor yahu?» diye sormuş.

«Yağmur duası» demişler.

«Bir yağmur için bu kadar göz yaşı dökülür mü? Ben size istediğiniz kadar yağmur yağdırayım.»

«Aman mirim eline ayağına düştük.»

Bektaşi bir tas su istemiş ve sırtındaki tek gömleğini ıslatmış ve kuruması için bir dala asıvermiş.

Bir kaç dakika sonra aman Allah tufan gibi yağmur. Köylü minnetle bektaşinin eline sarılınış:

«Evliya mısın, nesin sen be mübarek?»

Baba eliyle gökyüzünü göstermiş:

«Bende ne evliyalık, ne de kerametten eser yoktur. Bugünlerde aramız bozuk. Sırf gömleğimi kurutmamak için yaptı bu işi!..»

YABABBİ

Bektaşi bir ramazan günü sokakta oruç yiyormuş. Bunu gören mahallenin veletleri babayı yuhalayıp taşlamaya başlamışlar.

Biçare ancak şehir dışına kaçmakla canını kurtarmış.

Bu arada dehşetli ve iri taneli dolu yağmaya başlamaz mı... Baba bir yandan kaçarken bir yandan da başını göğe kaldırarak:

«Yarabbi!.. Sen de mi çocuklara uydun? demiş...»

YERSİZLİK

Bektaşi, ramazan gününde rahat içki içecek bir yer bulamayınca, mahallenin küçük mescidinin tenha bir köşesine çekilmiş, çilingir sofrasını kurmuş, ağır ağır demleniyordu.

Kazara mescide uğrayan softanın biri, durumu görünce küplere bindi:

«Bu senin yaptığın... Ahlâksızlıktır, terbiyesizliktir, dinsizliktir, imansızlıktır, Allahsızlıktır!.. Utanmıyor musun?»

«Değil be erenler,» dedi; «Hiçbiri değil. Sadece yersizliktir.»

HANGİ PEZEVENK

Bir Bektaşi ne olursa hep «ALLAH'tan» dermiş. Bir gün bir külhanbeyi kendi halinde yolda giden babanın ensesine sultani bir tokat patlatmış. Canı yanan Bektaşi hışımla geriye bakınca da:

«Baba efendi ne bakıyorsun, bu da Allah'tan,»

«A be imanım, Allah'tan olduğunu ben de biliyorum ama, hangi pezevengin eliyle yaptırdı diye merak ettim de...»

ÖLÜRKEN

İçkiye aşırı tutkun Bektaşi ölüm döşeğinde yatarken bir yudum su istemiş. Niçin istediğini soranlara şöyle demiş:

«İnsan ölürken düşmanlarıyla bile barışmalı!»

BEYAZIT KULESİ

Adamın biri, eğer şu işim olursa, bir eşeği sırtıma alarak Beyazıt Kulesi'ne çıkarırım demiş yemin etmiş.

Bir gün ahdettiği bu iş olunca; yanına bir eşek alarak Beyazıt Kulesi kapısına gelmiş; şöyle kuleye doğru bakarak:

« YaRab, hiç bu eşeği sırtımda bu kuleye çıkarmam mümkün mü? Başka ahdedecek bulamadım da bunu mu buldum?»

Yerinirken, aklına mahallesi sakinlerinden Bektaşi Piri Mehmet Dede gelir. Koşarak ve kuşku ile kendisine başvurur:

«Efendi hazretleri, benim şöyle bir ahdım vardı. Eğer olursa bir eşeği sırtıma alıp Beyazıt Kulesi'ne geldim. Fakat eşeği kuleye çıkarmama olanak yok. Ben bunun vebalinden korkuyorum. Aman efendi hazretleri, şuna bir umar düşünün, beni bu yükümlülükten kurtarın.»

Bektaşi, sakalını avucuna alıp bir süre düşündükten sonra:

«Evlat, sen hayatta hiç sigara içtin mi?»

«Tövbe efendim, hiç içmedim.»

«Kumar oynadın mı?»

«Asla!»

«Hiç rakı içtin mi?»

«Hayır, ağzıma koymadım.»

«Peki, kadından falan?»

«Tövbe, hayatta helalimden başkasını görmüş değilim...»

Bektaşi şöyle demiş:

«Aman evlat, Beyazıt Kulesi'ne eşeği çıkarmaya ne gerek var, sen çık yeterI...»

YAT KALK

Genç kadın içini çekti, Bektaşi babasına:

«Erenler,» dedi ! «Öyle bahtsızım ki... İlk kocam durmadan azarladı, öldüğü zaman derin bir nefes almıştım. İkinci kez evlendim. Fakat, bu seferki de dövüyor.»

«Öyleyse yat, kalk ikinci kocanın uzun ömürlü olmasına dua et!»

Kadın bir şey anlamadı. Boş gözlerle onu süzdü.

«Neden?»

Erenler, kıs kıs güldü:

«Baksana,» dedi. «Talibin ters tarafından gelişiyor. Allah gecinden versin, bu da kalıbı dinlendirir ve başından üçüncü nikâh geçerse, yeni kocan korkarım seni öldürür.»

AMAÇ

Bektaşinin biri seyahate çıkmış. Uğradığı ilk şehirde de ilk rastladığı adama sormuş:

«Erenler, dergah ne taraftadır acaba?»

«50 metre kadar gittikten sonra sola saparsın karşına gelen...» baba sözünü kesmiş:

«Canım efendim, orası meyhane değil mi?»

«Hayır, meyhane şu karşı yoldan yürüyüp sağa sapınca karşına...»

«Eyvallah, eyvallah!..» demiş.

ONUN DA

Hocalar bir gün kıra gidip eğlenmek ve şöyle bol tarafından yemek, içmek istemişler. Her şeyi alıp kıra gitmişler. Bir bütün kuzu hazır. Ateş yakıp kazığa geçirmişler ve çevirmeye başlamışlar. Fakat hava sıcak, ateş sıcak. Bakmışlar ki bir köşede bir Bektaşi oturuyor. Herif demişler zındığın biri, zaten cehenneme gidecek, şimdiden ateşe alışmak için kuzuyu çevirmek işini ona bırakmışlar.

Erenler işe devam ededursun, bir aralık üstüne yağ sıçrayınca:

«Hay dinini... imanını!..»

Diye kalayı basmış. Basmış ama hocalar da başına üşüşüp bir hayli dövmüşler ve artık haram oldu diye kuzuyu yememişler.

Bektaşi memnun. O kuzuyu yerken ötekiler de irmik helvasının başına oturup kaşıklamaya başlamışlar.

Erenler doymuş ve canı helva istediğinden bağırmış:

«Hey! Hoca efendiler! Canım helva istedi. Onun da dinini imanını!..»

ONBİR AY

Bir Bektaşi'yi açıkça oruç yiyor diye yakalarlar.

Bektaşi: «Yahu onbir ay aç, perişan gezdim, bir Tanrı kulu çıkıp da halin nedir demedi; elime bugün fırsat düştü karnımı doyurmak istedim yakaladınız. Bu olacak şey mi?»

BİLMECE

Hasta bir Bektaşi babası kurban bayramının ilk günü ağırlaşmış, çene atmağa başlamış. Bunu haber alan komşusu bir imam, cübbesini giydiği gibi soluğu erenlerin başucunda almış. Onun ahirete imanı bütün olarak göçmesini arzu ettiği için;

«Söyle bana dedem!» demiş. «Allah'a, peygambere, Kur'an'a inanıyor musun?»

Baba erenler, o halinde bile acı acı gülmüş.

«İşin mi yok, be imam efendi?» demiş. «Ben burada can çekişmekle meşgulüm, sen kalkmışsın bana bilmece soruyorsun!»

ALIN YAZISI

Bir mecliste Kur'an-ı Kerim'den söz açılmıştı. Kur'anın eşsizliğinden ve olağanüstü bir eser olduğundan bahsedilirken, odanın bir köşesinde kendi halinde çubuğunu içmekte olan bir Bektaşi söze karışarak:

«Evet, Allah'ın kelâmı cidden eşsizdir. Ama yazısı biraz karışıktır...» der.

Dinleyenlerden biri hayret ve biraz da hiddetle sorar:

«Karışık mıdır, nereden biliyorsun?»

Bektaşi acınacak bir tavırla cevap verir:

«Alnımın yazısından!»

BELÂ

Bektaşiler genellikle bekardırlar ya, birisi nasılsa evlenmiş ve bir de çocuk sahibi olmuş. Çocuğuna bir de beşik almış, vurmuş sırtına, kapalı çarşıdan geçiyormuş. Onun böyle yalpa vurarak ve sağa sola çarparak gittiğini gören birisi:

«Baba, şu arka sokak tenha, oradan rahatça gitsen daha iyi olmaz mı?»

Erenler kızgın cevap vermiş:

«Ah be imanım, o boku daha evvel yemediğim için bu bela. başımıza geldi ya!..»

KENDİN İÇ

Bir ramazan günü hoca camide vaaz vermektedir:

«Eyyy cemaatı müslimin; cennete gidecek müminlere Kevser şarabı vaad olunmuştur. O şarap ki akış billur, nar, lezzet ve neşesi asla hiç bir şeye kıyas olunamaz. Ancak bunun içilmesi elbette herkese nasip olmayacaktır. Yalnız bütün dünya nimetlerine nefsini kapamış, bu fani alemde hiç bir lezzeti tatmamış mümin, ameli salih olan kullarına, bizzat hazreti Ali tarafından, elmas ve yakut taşlarla süslü bardaklarda sunulacağını» söyleyince, bu kıraatta bir babayiğit bulunamayacağına, dünya yüzünde bu şarabı hak eden bir mümin olmayacağına aklı yatan Bektaşi:

«O halde, doldur doldur kendin için ya Ali...» diyerek kalkmış ve sıvışmış.

KEÇİ

Bektaşi ile Hoca aç ve yorgun dağın eteğinde konakladılar. O sırada duvardan bir keçi yanlarına gelince, Bektaşi kesip pişirir.

Hoca:

«Bunu yemek haramdır,» der.

Bektaşi:

«Orasını bana bırak. Ye» der.

«Allah, ahirette bütün ölülere can vermiyecek mi?»

«Verecek.»

«O halde korkacak ne var? Canlanan keçiyi arayan yakınan çobana kulağından tutar veririz.»

PİR

Softanın biri, bir kadını punduna getirip dağa kaldırmış. Fakat beraber yatmak için harcadığı çaba da boşa gitmiş.

Sonunda işi zorbalığa dökmüş. Başlamışlar boğuşmaya. Tam kıvamı bulacağı sırada da kadını elinden kaçırmış. Bir elinde uçkur başlamış kovalamaya. Bir yandan yakalamaya çalışır ve bir yandan da:

«Yetiş ya pir!..» diye bağırmış. Bunu gören Bektaşi seslenmiş:

«Ulan teres, kadını şeedecek pir değil, sensin. Götün sıkıyorsa sen yetiş.»

HİÇ

Kaymakama işi düşmüştü. Adamın azarmet taslamasına içerleyen derviş sordu:

«Kuzum, nedir bu azamet, nesin sen?»

«Bilmiyormuş gibi soruyorsun; kaymakamım.»

«Peki daha ne olacaksın?»

«Vali.»

«Daha.»

«Nâzır.»

«Daha?»

«Sadrazam.»

«Daha?»

«Hiç.»

«Ben şimdiden hiçim! Ne kuruluyorsun o kadar be adam?»

BABA

Babalardan birisi mahkeme reisliği yapıyordu. Bir gün ırza geçme suçuyla bir çapkını karşısına getirdiler. Sordu:

«Oğlum, ne diye böyle bir halt işledin?»

Delikanlı bir mazeret ileri sürmüş olmak için:

«Benim kabahatim yok efendim. Şeytana uydum. Bana yol gösterdi, bu işi yaptırdı!..»

Bektaşi kızar ve:

«Behey çapkın!.. Hazreti Âdem'e secde etmemek için Cennet'ten kovulmayı göze alan şeytanın işi yok da sana pezevenklik mi yapacak?»

RAHAT

Bir pazar günü eve gelen Bektaşi oğluna:

«Evlad,» der, «Şu anan ile şu müezzinin elinden benim çektiğim nedir?»

«Hayrola baba, ne oldu?»

«Daha ne olacak? Eve gelirim anan: «Haydi bakkala, haydi kasaba» der. Dışarı çıkarım müezzin: «Haydi camiye, haydi namaza» der. Bana bu dünyada hiç rahat yokmu?»

NE YAPACAK?

Bir gün yolda yürüyen Bektaşinin önüne bir atlı çıktı:

«Baba, bir sorunum var. Beni aydınlatır mısın?»

Bektaşi yanıt verdi :

«Yapabileceğim bir şeyse, hay hay oğlum.»

«Şu anda Allah ne yapıyor acaba?»

Sorunun yersizliğine içerleyen derviş, hiç belli etmemiş :

«Yanıt veririm ama, bir şartla, sen o attan in, ben bineyim.»

«Neden?»

«Böyle yüksek bir soruya yüksekten yanıt vermek gerekir de ondan!»

Adam attan inmiş. Bektaşi binmiş.

Bektaşi:

«Ne yapacak,» demiş, «Atı senin gibi budalanın elinden alıp, benim gibi akıllıya veriyor.» Ve çalakamçı uzaklaşmış.

BİR GECELİĞİNE

Eskiden zengin bir adamın kızını alan şımarık bir genç, zavallıyı sık sık boşar, sonra gelir, gene damatlığa kabulünü rica edermiş. Eh, adamcağız ne yapsın?

«Kızım gözünü bununla açtı» der, nikah tazeletirmiş.

Alışmış kudurmuştan beterdir; adam kızı üçüncü kez boşamış, gene ricaya gelmiş. İyi, hoş ama üçüncü nikâh hüllesiz olamıyor. Hülle için ihtiyar bir Bektaşi'yi bulmuşlar. O, bilmediği bu hüllenin ne menem bir şey olduğunu sormuş, anlatmışlar:

«Bizim damat şımarık bir oğlandır da. Kızımızı üçüncü defa boşadı, tekrar nikâhına almak istiyor da. Şimdi kızı bir başkasına nikâhlamak, bir geceyi bu adamın koynunda geçirmesi gerekiyor. Sizi uygun gördük de...»

Bektaşi top sakalını sıvazlamış:

«Erenler,» demiş. «Benim anladığıma göre bu bir ceza, öyleyse neden o şımarık oğlan cezayı çekmiyor da kızın başı nara yakılıyor? Şu damadı bir geceliğine bana göndersenize!»

CAN GELDİ

Bektaşi, yazın o sıcak günlerinden birinde ve ramazanda, ağzını çeşmenin musluğuna dayayıp kana kana su içerken softanın biri görmüş ve :

«Erenler! Ne yapıyorsun, oruç gitti!»

Bektaşi ağzını musluktan çeker ve gülerek:

«Oruç gitti ama, fakire de can geldi a dostum!..»

NAMUSSUZLAR

Bektaşi babalarından biri, uzun çarşıdan yukarı çıkarken, gençler, baba ile alay etmeye karar verirler. Tezgahtarlardan biri:

«Baba!..» diye seslenir. Baba dönüp bakar. Genç:

«Affedersiniz birine benzettim,» der. Az sonra diğer biri :

«Baba!..» diye seslenir. O da aynı karşılıkta bulununca, alaya alındığını anlayan baba, çarşının orta göbeğinde durarak:

«Namussuz!..» diye haykırınca, bütün başlar dükkanlardan dışarı sarkmış. Bektaşi:

«Amma da namussuz varmış ha!..» deyip yoluna devam etmiş. .

GÖNÜL RAHATLIĞI

Bektaşi babalarından biri öleceği sırada, oğlunu yanına çağırarak, vasiyette bulunur:

«Yavrum ben ölünce nefirimi de *(boynuzdan yapılmış boru)* mezara beraber gömdür.»

İslamlıkta böyle bir adet yok. Oğlu hayretle sormuş:

«Niçin baba?»

«Mahşer günü Hazreti Adem'den Hazreti Hüseyin'e kadar bütün büyüklerin ayaklarına kapanıp şefaatlerini dileyeceğim. Kabul ederlerse ne ala, etmezlerse hepsine bir «YUHHH» borusu çekerek gönül rahatlığıyla cehenneme gideceğim.»

BANA DA VUR ÖYLEYSE

Bektaşi'nin fena halde karnı acıkmıştı. Aksi gibi cebinde parası yoktu. Bir ahçı dükkanının önünden geçerken dayanamadı, içeri girdi. Tıka basa doyunca ya kadar yedi. Sonra dükkân sahibinin yanına yaklaşarak onu lâfa tuttu:

«Nasıl işler, patron?»

«Eh, fena değil. Allah'a şükür!»

«Hep peşin mi verirler parasını müşterilerin?»

«Peşin verirler.»

«Hiç vermeyen olmaz mı?»

«Olur ya, pek seyrek.»

«Peki böyle yemek yiyip de parasını vermezse ne yaparsın?»

«Ne yapacağım, kıçına tekmeyi vurur atarım dışarı keretayı.»

Bektaşi hemen arkasını dönmüş patrona:

«Vur öyleyse...»

ÖBÜR DÜNYAYA

Bir yaz ramazanda ağaç gölgesinde oturmuş çubuğunu tüttüren Bektaşi'ye sordular:

«Erenler oruç yok mu?»

«Bana farz değildir.»

«Allah Allah... Neden?»

«Seferiyim de ondan.»

«Uğurlar ola... Peki, ne tarafa?»

«Öbür dünyaya... »

İKİ AKÇE İÇİN

Hamama giden Bektaşi, yıkanmış, paklanmış, çayını içip masajını yaptırmış, sıra hesap ödemeye gelmişti. Ama bir de ne görsün? Kesenin yerinde yeller esiyor!

Alacaklı bu... Kolay kolay bırakır mı insanın yakasını? Bektaşi'nin giysilerini kucakladığı gibi:

«Ya hesabı ödersin, ya üryan gidersin!» diyerek açmış ağzını, yummuş gözünü hamamcı.

Erenler bakmış, pabuç pahalı! Başını göğe dikip, başlamış yalvarmaya:

«Ey alemlerin Rabbi... İki akçe gönder de, şu herifin şerrinden kurtulayım!»

Tam o sırada öyle şiddetli bir deprem olur ki, düşman başına! Ne hamam kalır, ne kümbet, ne hamamcı kalır, ne tellâk. Kaçan, kurtulan, düşen, savrulan birbirine karışır.

Can derdine düşen Bektaşi, ilk gördüğü camiye atar kendini. Bakar ki, imam tek başına oturmuş, var gücüyle Tanrı'ya yalvarıp duruyor:

«Ya Rabbel Alemin, tez elden bana bin altın gönder!»

Bektaşi bakmış bakmış, acımış adamın haline!

«Hiç boşuna çeneni yorma hocam,» diye seslenmiş. «Bana iki akçe vermemek için koca hamamı yıkıp ortalığı harabeye çeviren mübarek, bin altına nasıl kıyar? Çık dışarı da canını kurtar bari!»

ÜZÜM SUYU

Sultan Abdülmecid bir gün Boğaziçi'nde büyük bir dağın tam ortasındaki köşkünde oturan bir Bektaşi babasını ziyarete gitmiş. Bektaşi, o gün komşu bağdaki bir arkadaşını ziyarete gitmişmiş. O dönünceye kadar padişah bağın her tarafını dolaşmış. Bektaşi dönünce karşılıklı konuşmaya başlamışlar:

«Erenler bağın maşallah çok büyük. Üzümünü ne yapıyorsunuz?»

«Müritlerle ve canlarla birlikte yeriz Sultanım.»

«Buradaki üzüm yemekle biter mi?»

«Yediğimiz kadarını yeriz, kalanını da sıkıp fıçılara basar, suyunu içeriz!»

«Peki ama, sıkılmış üzüm şarap olmaz mı?»

«Vallahi Sultanım, biz üzümü sıkıp fıçılara basarız. Allah ne isterse o olur. Üst tarafına karışmak haddimize mi?»

İKİ KEZ

Bayramın yaklaştığı günlerden birinde, iftar sırasında misafirlerden biri:

«Keşke Ramazan senede iki kez gelse...»

Ayın sofrada misafir bulunan Bektaşi, hemen atılır:

«Öyleyse Ramazan gider gitmez neden bayram edersiniz, insan sevdiği gidince bayram mı eder.»

ALLAHIM

Bir Bektaşinin kırk parası varmış: Yirmi parası ile ekmek almış, kuruşu vermiş. Paranın üstünü isteyince fırıncı :

«Verdik ya, demiş.»

Kavgaya başlamışlar. Fakat başa çıkamayacağını anlayınca:

«Allah belânı versin!» demiş ve ayrılmış.

Biraz ötedeki bakkala giderek yirmi paralık peynir istemiş. Peyniri alınca yürümüş. Bakkal bağırmış:

«Baba, yirmiliği yermedin.»

«Verdik ya!..»

«Hayır, vermedin.»

«Verdik ya!»

«Hayır, vermedin.»

Bakkal, belki unuttum diye işi uzatmamış. Köşeyi dönünce Bektaşi bir kenara çekilip, karnını doyurduktan sonra:

«Allahım demiş «Sen işin esasını biliyorsun. Fırıncıdan al, bakkala ver.»

BİR GÜN FAZLA

Bir bayram tebriği sırasında, herkese ramazan nasıl geçirdikleri sorulduğunda biri, rahatsızlığı nedeniyle, ancak bir gün oruç tutabildiğini söyler. Soru sırası kendisine geldiğinde Bektaşi eliyle o adamı göstererek:

«Bu efendi benden bir gün fazla oruç tutmuş...»

CENAZE NAMAZI

İçkinin yasak olduğu devirde Bektaşi, körkütük bir halde sokakta yürürken karşısına tanıdık bir yüz çıkmıştı. Çilingir sofrası yarenlerinden biri sanarak:

«Seni nerede gördüm, erenler?» demiş. Balıkpazarı'nda, Koço'da mı?»

«Hayır.»

«Samatya'da Apostol'da mı?»

«Hayır.»

«Karagümrük'te Artin'de mi?»

«Hayır.»

«Allah Allah, peki nerede gördüm ben seni?»

«Belki selamlık resminde görmüşsündür.»

Şöyle bir bakıp da aklını başına toplayınca karşısındakinin padişah olduğunu anlayan Bektaşi'de bet beniz kül kesilmiş hemen oracığa uzanmış:

«Ey ahali, buyurun cenaze namazına!» demiş.

LOKMA

Arsız, açgözlü, yüzsüzün biri Bektaşi tekkesine dadanmış. Her zaman yemek vaktini kollayıp:

«Sofra Ali'nin, imanım hu!..»

Diyerek sofraya çöküp ne var ne yoksa, kimseye bırakmaksızın mideye indiriyormuş. En sonunda yoksul tekkenin şeyhi dayanamayarak:

«Erenler, demiş, sofra Ali'nin ama lokma bizimdir!»

SARHOŞ

Bektaşi'ye, «Niçin namaz kılmazsın?» diye sormuşlar.

«Kur'an-ı Kerim'de, sarhoşlar namaz kılamaz diye buyuruyor da ondan,» demiş.

«O sarhoşlar için, sana ne?»

«Ben hiç ayık gezmem ki!..»

Vaiz, «Teravih namazı kılana Allah, bir eli doğuda diğeri batıda, başı kuzeyde ve ayakları güneyde olan olasıya güzel dilberlerden ihsan edeceğini» söyler.

Bektaşi:

«Dediğin namazı kılarım ama "huriyi" istemem!. Çünkü ben kuzeyde başbaşa otururken bir diğeri güneyden yerleşirse ne yaparım?»

ONA SOR

Zamanın hükümdarı geceleri kıyafet değiştirerek İstanbul'u denetliyormuş. Bir gece yolun ortasında birisinin boylu boyunca yattığını görünce, yanındakilere kaldırılmasını emretmiş. Bir de bakmışlar ki yatan bir Bektaşi; içkinin etkisiyle sızmış, uyuyor. Adamı kaldırıp hükümdarın karşısına dikmişler. Aradıklarında üstünde kocaman bir de boş rakı şişesi çıkmış. Hükümdar sormuş:

«Erenler, bu ne hal?»

Bektaşi boynunu büküp boş rakı şişesini göstererek:

«Sultanım, demiş, bana değil ona sor!»

Bu cevap hükümdarın hoşuna giderek Bektaşinin tekkesine götürülmesini emretmiş.

BAKLA

Bektaşi dervişlerinden biri aşırı derecede küfürbazmış. Şeyhinin nasihatleri azarlamaları bu huyundan kendisini caydıramamış. Her an herkese olur olmaz küfürler etmeğe devam etmiş. Şeyh, sonunda bir bakla tanesine okuyup üflemiş ve baklayı 'Bektaşi'ye vererek:

«Bunu dilinin altına koy, demiş, bundan böyle sanırım küfretmezsin.»

Bektaşi, şeyhinin dediğini yapmış ve gerçekten o günden sonra bakla ağzında olduğu için hiç küfretmemiş.

Günlerden bir bol yağmurlu gün şeyh ile Bektaşi dervişi bir evin altından geçerlerken pencereden bir kız çocuğu başını çıkararak:

«Şeyh hazretleri, demiş, biraz durur musunuz?»

«Şeyh hazretleri, kızın dediğini yapmış. Ancak, aradan epey süre geçtiği halde ses seda çıkmamış. Bunun üzerine şeyh, derviş Bektaşiye:

«Şu kapıyı çal da ne istediklerini sor» demiş.

Tam bu sırada pencereden gene başını çıkartıp:

«Şu, anda bizim tavuğun altına kuluçkalık yumurta koyacaktık. Komşu nine yumurtaları koymadan önce bir kavukluya bakarsan civcivler tepelikli çıkar demişti. Annem de siz geçerken gördü, bekletti, kusura bakmayın zahmet oldu!»

Yağmur altında ıslanmış sıçana dönen şeyh, derviş Bektaşi'ye dönerek:

«Haydi bakalım derviş Ahmed, demiş, çıkart baklayı ağzından!»

YETİŞİN

Bir Bektaşi kağrısına öteberi doldurup şehre gidiyormuş. Dağ yolu muntazam olmadığından kağnının bir tekerleği uçurum tarafına kaymış. Bektaşi yetişip o taraftan kağnıyı tutmuş ve erenleri imdada çağırmış:

«Yetiş ya Ali!»

Tabii gelen giden yok ve kağnı uçurum tarafına doğru göçmeğe başlamış. O yine erenlerin yardımına geleceği ümidiyle bağırırmış :

«Yetiş ya Hasan!»

Kendisine göre ikisinin de kuvveti kağnıyı uçuruma doğru uçmaktan kurtaramıyor, bir kişi daha gerekli. Yine bağırmış:

«Yetiş ya Hüseyin!»

Bakmış ki bu da geldiği halde kağnı gidiyor, gücü tükendiğinden kağnıyı hemen bırakıp arkaya sıçrayarak erenlere şu öneride bulunmuş:

«Çekilin! Bari size bir zararı dokunmasın.»

SAKAL

Çok gür sarı sakallı biri Bektaşi'nin köse olduğunu görünce laf olsun diye sormuş:

«Baba, niçin sakalın yok?»

Bektaşi cevap vermiş:

«İnsanlar yaratıldıkları zaman sakallar dağıtılırken ben biraz geç kalmışım. Siyah ve kumral sakallar kamilen dağılmış, sadece sapsarı sakallar kalmıştı. Ben onlardan birini almaktansa köse kalmayı tercih ettim!»

KARGA BAŞI

Bektaşi şeyhlerinden Hüseyin Baba ile dervişi Mehmed tekkelerini mektebe çevirerek mahalle çocuklarını okutmağa başlamışlar.

Bir akşam paydosundan sonra Baba Efendi, mektebin önünde bir gürültü duyarak çıkmış, görmüş ki; mektebin talebelerinden iki çocuk, bir kargayı yakalamışlar, «Senindir, yok benimdir» diye çekiştirip duruyorlar. Bir aralık öylesine azıtmışlar ki, karganın başı birinin, gövdesi ötekinin elinde kalakalmış.

Baba Efendi hemen karganın parçalarını çocukların elinden alarak birleştirmiş ve -olacak a- karga canlanmış! Böylelikle çocuklar barışıp evlerine dönmüşler.

Bu olay memlekette yayılmış. Kerametine inanılan Baba «Karga Baba» adıyla tanınmış herkes duasını almak için akın akın ona gelmeğe başlamış. Herkes, onun ardında namaza durmak için tekkede kuyruğa girer olmuş.

Bir gün namaz vakti yüzlerce kişinin toplanıp cemaatle namaz kılmaları sırasında Şeyh kendini tutamayarak yellenmiş! Şeyh, oralı olmayarak namaza devam etmiş. Ama artık namazın bozulduğunu gören halk, birer ikişer pabucunu alarak savuşmuş. Baba başını çevirip bir de bakmış ki, tekkede kendisinden ve müezzinlik yapan Derviş Mehmed'den başkası yok! Derviş Mehmed:

«Amanın, bu ne hal?» deyince Hüseyin Baba:

«Bir karga başı için toplananlar, bir osurukla dağılır»

ÜÇÜNCÜ MEZAR

Bektaşi'nin biri bir mezarlıkta dolaşmaktayken çevresi demir parmaklıklarla çevrili, türbemsi üç mezar görmüş. Oradaki bir adama giderek sormuş:

«Bu mezarlar kimindir?»

«Bunlara Üç Kardeşler derler.»

«Sen burada ne arıyorsun?»

«Ben mezarların bekçisiyim. Temizler, kandillerini yakarım, hizmet ederim.»

«O halde anlat şu mezardakileri bana!»

«Olur Baba erenler... Şu, üç kardeşlerden en büyüğünün mezarıdır. Çok ama çok iyi bir adamdı. Herkese yardım eder, kapısından misafir eksik olmazdı!»

Baba, ellerini kaldırıp bir fatiha okuduktan sonra ikinci mezarın başında durup sormuş: «Ya bu?»

«Bu da ortanca kardeşinki. Rahmetli son derece kötü biriydi. Herkes ondan illallah getirmişti, iyilik nedir bilmezdi.»

Baba, gene ellerini kaldırıp bir fatiha daha okuduktan sonra üçüncü mezara gelip sormuş:

«Bu da en küçüğünün herhalde?»

«Evet... Bu adam gayet uslu, kendi halinde, basit bir adamdı. Kimseye ne iyiliği ne de kötülüğü dokundu. Dünyaya geldiği gibi gitti.»

«Öyleyse sen burdan kaybol, ben şunun mezarına bir s......yım!»

ATEŞ

Adamın biri, Cennet'te ateş olmadığını, yarın oraya giderse tütününü hangi ateşle yakacağını sorunca Baba erenler:

«Çubuğumu,» demiş, «Sizin için kebap pişirilecek ateşten yakacağım!»

KALIP

Bektaşinin biri seyahate çıkmış. Dönüşünde şehirdeki şeyhini ziyarete gitmiş. Kapıyı çalmış, şeyhin hanımı pencereden ne istediğini sorunca şeyhi ziyarete geldiğini söylemiş. Kadın, pencereden:

«Şeyh hazretleri kalıp değiştirdi, sizlere ömür,» demiş.

Bektaşi üzülerek:

«Ya, demiş, demek yalnız başına kaldınız?»

Kadın :

«Hayır, demiş, ben de yeni kocaya vardım.»

«Desene hanım, asıl kalıbı sen değiştirdin!»

YÜRÜMEK

Baba erenler, bir gün rakıyı fazla kaçırmış. Eve dönerken yalpalıyor, yürümekte güçlük çekiyormuş. Onu bu halde görenlerden biri :

«Baba, demiş, bak içmek ne kadar kötü.»

Bektaşi şu cevabı vermiş:

«İçmek değil evlat, yürümek kötü!»

BULURSA

Rakı içiyor diye mahalleli Bektaşiyi mahkemeye götürmüşler. Hakime:

«Biz bu adama içme diye o kadar tenbih ettik, hatta and içirdik, gene de içiyor!» demişler.

Hakim :

«Öyle mi? »diye sormuş.

Bektaşi şu cevabı vermiş:

«Efendim ben yoksul bir adamım, bugün rakı bulurum rakı içerim, and bulurum and içerim... Kimseye zararım, ziyanım dokunmaz!» demiş.

PAY

Bir hoca cami kürsüsünde:

«Eyyy cemaat! Kısmeti ezelide Allah, halkın rızıklarını dört hisseye ayırmıştır. Ulema, bunun birini bir eliyle, diğerini öteki eliyle, üçüncüsünü de ağzıyla tutmuş, dördüncü hisseyi de halka taksim etmiştir!..» deyince, cemaat arasında bulunan bir Bektaşi:

«O payda dahi hepsinin gözü kalmıştır!..» demiş.

ERİK

Ramazan günü ,Bektaşi yolda erik yiye yiye gidiyormuş. Bunu gören biri:

«Yahu,» «Müslüman olan böyle oruç yer mi?

«Hayır,» demiş, «Oruçluyum!»

«Peki ağzındaki nedir?»

«Ne olacak, eriktir! İftara kadar yumuşasın diye ağzımda tutuyorum!»

KÖPRÜ

Yolcunun biri memleketine giderken yolu bir Bektaşi köyüne düşmüş. Ramazan ayı içinde olunmasına rağmen köyde, bir baba erenler, kırık dökük bir köprünün karşısına uzanmış çubuğunu tüttürmekteymiş. Yolcu sormuş:

«Efendi, buralara Ramazan gelmedi mi?»

Baba erenler:

«Evlat, demiş, şu gördüğün köprüden bizim köyün davarları bile zor geçip köye geliyorlar. Koskoca Ramazan nasıl geçip gelsin?»

YARA T YARAT SALIVER

Günlerce demsiz kalan Bektaşi, nasılsa eline geçirdiği birkaç kuruşla, ufak bir şişe ve bir de ciğer almış. Dalgın dalgın giderken köpeğin biri elindeki ciğeri kapıp kaçmaz mı? Keyfi kaçan Bektaşi başını yukarı kaldırarak:

«Onun bunun rızkıyla besleyecek olduktan sonra, yarat yarat salıver!..» demiş.

BEKTAŞİ VE KÜRK

Sonradan görme biri sırtına giydiği çok değerli bir kürkle kurulup dururmuş. Bektaşi babalarından biri dayanamayarak adama şöyle demiş:

«Sırtındaki kürkle kurulup durma... O, onca zamandır içinde taşıdığı sahibini bile hayvanlıktan kurtaramadı.»

SALAŞ YER

Bektaşi dedesi bir ramazanda kuytu ve de salaş meyhanelerden birinde demleniyormuş. Yoldan geçenlerden biri içeri bakarak:

«Be adam, demiş, mübarek Ramazan'da güpegündüz ayıp değil mi?»

Bektaşi şu cevabı vermiş:

«O kadar mübarek olan Ramazan'ın bu kuytu ve salaş yerde işi ne?»

UĞURSUZLUK

Avcı Sultan Mehmet bir gün adamlarıyla beraber akşama kadar uğraştığı halde bir keklik bile vuramaz. Bunun sebebini de, sabahleyin gördüğü bir dervişin uğursuzluğuna bağlar. Sokaklara seslenir. Saraydan çıkarken, şu şu tipte, sivri külâhlı, sırtı kambur birinin önünden geçtiğini ve hemen bu adamı bulmaları emrini verir. Tarife göre Bektaşi babalarından ayyaş Hamza Babayı yaka paça huzura getirirler. Sultan:

«Bre uğursuz, nebakâr!.. Bugün sabahleyin karşıma çıktın. Bu yüzden akşama kadar bir ava rastlayamadım. Bu ne uğursuzluktur. Vurun kellesini...»

Baba bakar ki kelle elden gidiyor. Son bir dileğini açıklamak için söz alır :

«A devletlûm siz beni gördünüz bir keklik vuramadınız. Ama insaf ediniz, benim de bugün ilk gördüğüm sizdiniz ve kellemi kaybediyorum. Söyleyin, uğursuzluk hangimizde!.. »

YALAN

Bir tekkenin sevilen şeyhi olan Haydar Baba ölünce yobazın tekini şeyh olarak tekkeye göndermişler. Cem ayini yapıldığı bir gecede bir kıyıda iki kafadar Bektaşi başbaşa vermiş iki şeyh arasındaki farkı birbirlerine anlatıyorlarmış. Bunları gören şeyh:

«Kimbilir, demiş, ne yalanlar kıvırıyorsunuz.»

Bektaşilerden biri şöyle demiş:

«Efendimizin ne yüksek biri olduğunu anlatıyorduk!..»

DOSTLARIN ELİNDEN

Dostların olur olmaz zamanda yaptığı ziyaretlerden illallah getiren Bektaşi Tanrı'ya şöyle yalvarmış:

«Allahım, sen beni dostlarımın elinden kurtar. Düşmanlarımla nasıl olsa başa çıkarım!»

TAKAT

Bir gün, Bektaşi babalarından biri, bir valinin yanında otururken, birkaç köylü gelerek nahiye müdürünü şikayet ederler. Vali şikayeti dinledikten sonra, Bektaşi babasına dönerek:

«Erenler bu işe sen ne dersin?» deyince Bektaşi:

«Efendim,» der. «Ben bu adamların yalan söylediğini ispatlıyabilirim. Bahsettikleri müdürü yakından tanırım. Onu şikayete buraya kimse gelemez. Çünkü oradan kalkıp buraya gelecek kadar kimsede takat bırakmamıştır.»

GECELİK

Bektaşi'nin de hazır bulunduğu bir camide hafızın biri kürsüde:

«Eyy cemaat, bugün size arzedeceğim mesele, yirmi iki kısımdan ibarettir!» deyince, derviş oturduğu yerden kalkıp kapıya yönelince, arkadaşları arkasından seslenirler:

«Efendi hazretleri, nereye gidiyorsun?»

«Gidip geceliğimi getireceğim. Görünüşe göre sabahı burada edeceğimiz anlaşılıyor,» der.

PEZEVENK

Köylüler yağmur duasına çıkarlar. Bektaşi de aralarına katılır. Cemaatin arkasında yürür ve tarlası kenarından geçiyorken, eline geçirdiği bir sırığı tarlasının ortasına saplar ve başını göğe kaldırarak:

«Benim tarla da burası!..» der.

Dua başlar başlamaz, sağdan soldan bulutlar da belirmeğe başlar. Özellikle kara bir bulutun kendi tarlası üzerinde kümelendiğini gören Bektaşi sevinçle koşar, bir de ne baksın, yalnız kendi tarlasına ceviz büyüklüğünde dolu yağıyor, mahsulden eser yok. Üzgün başını yukarı kaldırmış :

«Kabahat sende değil Tanrım, sana bu tarlayı gösteren pezevenkte.» demiş.

ŞARABIN MUCİZESİ

Bir padişah sormuş:

«Şarabın ne gibi bir özelliği var ki herkes ona bu derece tutkun oluyor?»

Bektaşi şöyle demiş:

«Efendim şarapta öyle bir özellik var ki, kör içse pehlivan kesilir, dilenci içse zengin olur!»

«Ispat et bunu!»

«Hayhay efendimiz!»

Bektaşi, bir kör, bir sağır, bir kötürüm, bir çolak, bir dilenci buldurarak bunları bir odaya koydurmuş. Önlerine sürahilerle şarap bıraktıktan sonra bunları padişaha gizlice seyrettirmiş. Adamlar birkaç kadeh içtikten sonra çakır keyfi olmuşlar. Bir ara kör, dolu kadehini eline alarak şöyle demiş:

«Arkadaşlar şu mübareğin rengine bakın. Ben hayatımda böyle güzel kırmızı görmedim!»

Sağır atılmış:

«Sus, kulağıma çok güzel bir müzik sesi geldi. Dırdır etme de onu dinleyelim!»

Çolak ayağa kalkmış :

«Arkadaşlar kim benimle güreşmek isterse çıksın meydana!»

Kötürüm yanındaki dilenciye fısıldamış :

«Aman, galiba kavga çıkacak, hemen kaçalım!»

Dilenci atılmış :

«İsterlerse birbirlerini öldürsünler, hepsinin diyetini veririm. Denizde kum, bende para!»

Padişah, Bektaşiye dönerek:

«Şarabın mucizelerini gördüm; haklıymışsın!»

KARŞILIK

Çok zengin bir adam konağının penceresinde oturseverken karşıdan gelen bir Bektaşi babası:

«Hu Erenler, demiş, babaya bir kaç mangır ihsan eyle!»

Adam, başını çevirip yüksek sesle bağırmış:

«Mehmet, Recep'e söyle, Recep vekilharca söylesin, vekilharç ayvaza söylesin, ayvaz gitsin şu Bektaşiye «Allah versin!» desin!»

Bektaşi de şu karşılığı vermiş:

«Ulu Tanrım, Cebrail'e söyle, Cebrail Mikâil'e' söylesin, Mikâil İsrafil'e söylesin, İsrafil Azrail'e söylesin, Azrail de gelsin şu herifin canını alsın!»

AHRETTE DE

Bektaşi, vaaz dinlemeğe gitmiş. Hoca vaazında içki içmenin bütün zararlarını sayıp dökmüş, hatta içki içenlerin sırat köprüsünden boyunlarında dünyada içtikleri bütün şişeleri asılı olduğu halde geçeceklerini anlatmış. Bektaşi sormuş:

«Hocam, boyuna asılan şişeler boş mu olacak dolu mu?»

Hoca, incecik köprüden dolu şişelerle geçilirken dengenin kolay kolay sağlanamıyacağını düşünerek:

«Elbette ki dolu olacak,» diye cevap vermiş.

«Hay ağzını öpeyim Hocam,» demiş, «Desene ahrette de yaşadık!»

DOKUNMAK

Bektaşiye sormuşlar :

«Nasıl, bu yıl sana Ramazan dokundu mu?»

«Bilmem, demiş Baba erenler, «Ben ona hiç bir şey yapmadım ki!»

ZOR - KOLAY

Bektaşiye sormuşlar:

«Dünyanın en zor ve en kolay şeyleri nedir?»

Şu cevabı vermiş:

«En kolay, insanın başkasına nasihat vermesi, en zor da kişinin kendisini bilmesidir!»

ŞİMDİ SÖYLE

Bektaşi Ramazan'ın ilk günü fena halde susayarak çeşmenin musluğuna ağzını dayamış. Bunu gören biri seslenmiş:

«Heey, ne yapıyorsun, orucun bozuluyor?»

Bektaşi adamı duymazlıktan gelip kana kana su içtikten ve derin bir soluk aldıktan sonra şöyle demiş:

«Ey ahbap, ne söyleyeceksen şimdi söyle!»

TANIK

«Sen inkar ediyorsun ama,» demiş yargıç, «İki tanık senin oruç yediğini söylüyor!»

«İlahi yargıç bey,» demiş Bektaşi, «Milyonlarca kişi içinde iki tanığın lafı mı olur?»

ARABA

Baba erenler bir gün sokakta gezinirken dehşetli bir yağmura tutulmuş. Bir ağacın altına sığınarak boş bir arabanın geçmesini beklemiş. Bir saatten fazla beklediği halde oradan hiç bir araba geçmeyince. kendi kendine mırıldanmış :

«Bir de şu fani dünyada her şey geçer derler. Şurda bir saattir bekliyorum, daha bir araba bile geçmedi.»

AMAN TANRIM!..

Fırtınaya tutulan gemi pek fazla sallanmaya başlayınca, korkak bir yolcu:

«Aman Tanrım, beni selamete kavuştur, fakire sadaka vereceğim.» Fırtına arttıkça:

«Aman Tanrım, bir koç keseceğim.»

Fırtına iyice şiddetlenince:

«Aman Tanrım, medet. Yüz altın dağıtacağım,»

Durumu izleyen Bektaşi kıs kıs gülerek:

«Aman Tanrım, gözünü seveyim dayan, herif daha da arttıracak.»

SOFTALIK

Bektaşi dervişi, mahalle mescidinin önünden geçerken, nereye girdiğini bilmeyen bir domuzu müezzin mescitten dışarıya kovalıyordu:

Bektaşi gülmekten kendini alamadı:

«Hey Tanrım, dedi softanın domuzunu görmüştüm ama, domuzun softasını ilk kez gördüm.»

BEKTAŞİNİN ZORU

Bektaşi'nin biri, düşünmüş taşınmış, içinden çıkamadığı dinsel bir sorunu hocadan sormağa karar vermiş:

«Hocam,» demiş, «Bizim Peygamberimiz Allah'ın sevgilisi, gözbebeği değil midir? Böyle olduğu halde ne hikmettir ki Yezid diye bir serseri ortaya çıkıyor, Peygamberin torunlarını Kerbela'da çeşitli zulümlerle şehit ediyor, Cenab-ı Hak her şeye kadir olduğu halde, gözbebeği peygamberimizin böyle alçakça şehid edilmelerine neden göz yumdu?»

Hoca, verecek cevap bulamayınca Bektaşiye çıkışmış:

«Hayrihi ve şerrihi min Allahi taala... Yıkıl karşımdan, kâfir oldun!»

«Kâfir oldun!» sözü üzerine Bektaşi kendi kendine konuşmuş:

«Madem kâfir oldum, ben de gider papaza danışırım!»

Aynı soruyu papaza da sormuş. Papaz:

«Bak dostum,» demiş, «Bizim peygamberimiz üstelik Allah'ın oğludur. Ama yine de nasıl öldü, biliyor musun? Başına üç taç giydirdiler, çarmıha gerip kollarını, ayaklarını kan revan içinde çivilediler.»

Bektaşi bunun üzerine papazın sözünü kesip şöyle demiş:

«Anladım anladım... Kendi oğluna hayrı dokunmayanın torunlarına dokunur mu? diyeceksin...» dedi.

CANLAR

Bektaşi düşmanı olarak bilinen ikinci Mahmut bir gün bir tekkeyi bastırır. İçerdekilerin hepsi bir deliğe siner ama, ihtiyar bir Bektaşi fırsat bulamayarak ortada kalır. Sultan, Babaya sorar:

«Erenler, canlar nerede?»

Bektaşi mahzun cevap verir:

«Şevketlû Sultanım, seni görünce ortalıkta can mı kalır!..»

GÖREMİYORUM

40 yaşına gelmiş bir Bektaşiye, neden evlenmediğini sormuşlar:.

«Erenler, hamdolsun halin vaktin yerinde, ihtiyar da sayılmazsın. Böyle bekar kalmanızın hikmeti nedir acaba?»

«Azizim, şöyle etrafıma bakıyorum da... ne kocası olmayı arzu ettiğim bir kadın, ne de babası olmasını isteyeceğim bir evlat göremiyorum da...»

NAMAZ

Sofunun biri Bektaşi canlarından birine sormuş:

«Namaz kılındı mı acaba?»

«Herhalde kılınmıştır!»

«Sen kılmadın mı?»

«Kılmaz olur muyum hiç!»

«Kılalı çok oldu mu?»

«Aşağı yukarı yirmi yıl, merhum pederin cenaze namazını kılmıştım!»

HAMUR

Bektaşinin abdestsiz namaz kılmağa yürüdüğünü gören biri onu ikaz etmiş:

«Erenler, abdest almadınız!»

Bektaşi şu cevabı vermiş:

«İmanım, bizim hamurumuz toprakla yoğrulmuştur, pek su ile oynamaya gelmez!»

DÜŞÜNMEK

Baba erenlere sormuşlar:

«Ramazan geliyor, oruç tutacak mısın?»

Baba cevap vermiş:

«Hele Bayrama kadar düşüneyim, daha zaman var!»

ÖZÜR

Ramazanda oruç yiyen Bektaşiyi yakalayıp yargılanmak üzere Kadı'nın huzuruna çıkartmışlar. Kadı öfkeyle:

«Bre adam, demiş, «Mübarek Ramazan'da göz göre göre oruç yenir mi?»

Bektaşi cevap vermiş:

«Ne yapayım, özürüm var!»

«Nedir özürün?»

«Hastayım!»

«Nerenden, ne hastasısın?»

«Açlıktan hastayım, açlıktan!»

KANDİL

Camide vaaz veren hoca, insanlar hangi organlarıyla günah işlemişlerse, o organına ahirette bir kandil asılacağını söylüyordu. Şakacı Bektaşi atıldı:

«Hoca efendi, bütün günahlar için bir kandil mi, yoksa herbiri için ayrı kandil mi asılacak?»

Hoca daha etkili olur diye:

«Elbette herbiri için ayrı kandil.»

Bektaşi günahlarını bir hesaplar:

«Asacak yer bulursa aşkolsun!..»

ABDEST

Bektaşinin biri, bir softaya sormuş:

«Abdest almadan namaz kılmak olur mu?»

«Kesinlikle olmaz.»

Bektaşi gülmüş :

«Amma da yaptın! Ben kıldım, pekala. oldu.»

NAMAZ

«Ne biçim müslümansın?» diye çıkışmışlar Bektaşi'ye. «Neden Allah'ın emrini yerine getirip namaz kılmıyorsun? Günah değil mi bu yaptığın?»

«Ne yapayım,» demiş Bektaşi; «Küçükten alıştırmadılar, güç geliyor artık.»

«Kolayı var,» demişler, «On gün namaz kıl bir daha bırakamazsın.»

Bektaşi sakalım sıvazlamış :

«Ah erenler,» demiş; «Sen üç gün bırak namazı bak bir daha kılabiliyor musun?»

AZRAİL'İN CAHİLİ

Yoksul Bektaşi'nin bir besili ineği ile bir uyuz eşeği vardı. Fakat eli son derece dardı. Üç boğazı geçindirmeye yetmiyordu geliri. Bir gece açtı ellerini yalvardı. Tanrı'ya. Beni şu eşekten kurtar diye.

Ertesi sabah ahırın kapısını açtı ki ne görsün? İnek ölmüş, uyuz eşek kalmış!

O öfkeyle sokağa fırlayan Bektaşi, toplamış milleti başına. Göstermiş yerde yatanı:

«Bu nedir?»

«İnek...»

«Ya şu kaşınıp duran uzun kulaklı yaratık?»

«Eşek...»

Baba erenler:

«Ey ilimine, irfanına kurban olduğum Azrail Aleyhisselam,» der. «Şu köylüler kadar olamadın. Sana bir ricada bulunduk, eşekle ineği birbirinden ayıramadın!»

YOK DEMEYE

Vaiz Tanrı'yı tanımlamaya çalışıyordu:

«Ne yerdedir, ne gökte, ne yer, ne içer, ne doğmuş, ne doğurmuştur...

Bektaşi dayanamadı:

Hoca, sen şuna yok diyeceksin, ama dilin varmıyor.

ÇAKAL - DEVE

İki Karadenizli konuşuyorlardı:

Biri:

«Dün gece,» dedi, «Bir şimşek çaktı, ayın aydınlığında yüz bin çakal gördüm.»

Öteki :

«Uy, dedi, ben de o sırada dağın tepesindeki bir devenin başını uzatmış aşağıdaki dereden su içtiğini gördüm.»

Biri:

«Haydi, haydi deveyi düze indir!»

Öteki:

«Sen de çakalı 100'e indir!»

İSLÂMIN ŞARTI

Zengin ağa, Bektaşi'yi aklınca din bilgisinden sınava çekmiş:

«İslâmın şartı kaçtır?»

«Birdir,» diye cevaplamış bektaşi hiç tereddüt etmeden.

«Bre dinsiz!..» diye fırlamış yerinden ağa. «Sen daha İslâmın şartını bilmiyorsun, bir de derviş olacaksın!»

«Aman ağa», demiş Bektaşi;

«Hacla zekatı siz kaldırdınız, namazla orucu biz. Geriye bir kelime-i şahadet kaldı.» demiş.

VAKIF MALI

Temel'in kalbi Fadime için atmakta, Fadime de Temel'e sırılsıklam aşıktır... Ne var ki ikisi de birbirlerine aşklarından söz edememektedirler...

Bir gün iki genç fındıklıkta yürürken Fadime'nin dallardan birine uzandığını gören Temel:

«Puradan bir dal koparanı .... der.

Fadime fırsattan yararlanır ve elinde tuttuğu dalı ortadan ikiye kırar... Biraz sonra iki genç alt-alta üst üste fındıkların dibindedir...

Temel dal koparmanın cezasını Fadime'ye çektirdikten sonra tekrar yürümeğe başlarlar...

Aradan 5 dakika geçer geçmez Fadime tekrar bir dal koparır tabii Temel ikinci kez onun cezasını verir...

Fadime aynı şekilde 5 kez dal koparmış ve cezasını almıştır...

Durumundan oldukça memnun yürürken bir fidanın yanına yaklaşır ve bir dalı koparmaya hazırlanır...

Bu arada 5 kez ceza veren Temel, arkadan bacaklarında derman kalmamış bir halde yürümektedir...

Fadime'nin tuttuğu 6. dalı da kopardığını görünce çaresizlik içinde şöyle der:

«Oğa ben karuşmayrum... O vakuf malidur...»

NİHAYET OLA

Parkta oturan Babaya, diğer kanapede oturanları da gezen ve fakat hangisinden sadaka istediyse aynı cevap: «İnayet ola,» cevabını alan dilenci, Babaya gelir para ister ve alır.

Dilenci bir tur daha yapar. Herkes yine «İnayet ola» der.

Baba tekrar verir. Dilenci bir tur daha yapar. Diğerleri yine:

«İnayet ola» derler.

Sıra babaya gelince, cebinden son bozukluğu çıkarır, verirken de kaşlarını çatıp:

«Nihayet ola!» der.

BEKRİ'NİN AŞKI

Bekri Mustafa, yakışıklı, boylu, poslu idi. Oturduğu mahallede, hoppa, hafif meşrep bir kadın ona tutuldu. Bekri, bir müddet bu kadınla düşüp kalktı, fakat sonradan onu bıraktı. Günün birinde bu kadın, Bekri'yi yakalıyarak:

- Şekerim! dedi, ben senin için cayır cayır yanıyorum, halbuki sen bana karşı çok soğuk duruyorsun?

Bekri Mustafa bıyık altından gülerek ona şu karşılığı verdi :

- İyi ya!.. Bu kadar ateşin üstüne, ben de soğuk durmazsam, daha fazla yanar kül olursun.

İNAN HOCA

Susuzluktan kıvranan bir köy halkı, nefesi kuvvetli, "Bir dua etti mi gökten rahmet boşalıyor" diye namı yürüyen kasabadaki hocaya haber salıp getirmişler.

O gece hoca efendi, bir güzel ağırlanmış, yedirilmiş, içirilmiş sabah namazından sonra hep birlikte yağmur duasına çıkılmış.

Hoca dua etmiş, köylü ellerini açıp amin demiş, dua bitmiş, köye dönüyorlar, pırıl pırıl güneş...

Köye yaklaşırken, homurtular başlamış:

«Ne biçim hoca bu yahu?»

«Hani bir okuyacak bir üfleyecek gök gürleyecek yağmur yağacaktı...»

«Güya karşı köye gitmiş, daha ellerini açıp duaya başlarken, gökten rahmet boşanıvermiş...»

Sonunda muhtar hocanın yakasına yapışmış:

«Hani hoca yağmur yağacaktı, ne oldu?»

Hoca dönmüş:

«Size yağmur yağmaz!»

«Niye yağmasın? Hocaysa hoca, duaysa dua, daha ne istiyorsun?»

«Siz banagüvenmediniz!»

« Ne demek güvenmedik?

«Güvenmesek seni kasabadan alır buraya getirir miydik? Aldık, getirdik, paranı peşin verdik, sen dua ettin, biz amin dedik, daha nasıl güveneceğiz?»

«Siz yalnız bana değil, tövbe estağfurullah, Allah'a da güvenmediniz... Sizin kalbiniz bozuk!»

Köylü hep birden itiraz etmiş:

Haşa sümme haşa, nereden çıkıyorsun bu lafları?

Hoca efendi elindeki şemsiyeyi göstermiş:

«Bre zındıklar eğer güvenseydiniz, hepiniz yağmur yağacak diye şemsiyelerinizi yanınıza alırdınız. Hani nerede şemsiyeniz? Bir ben güvendim, şemsiyemi aldım o da yetmedi.... .

ACELEYLE GELMİŞ

Bir gün Nasreddin Hocanın karnı fena halde acıkmış. Son zamanlarda işleri yine parlak gitmediğinden şöyle doğru dürüst karnını doyurabildiği yokmuş.

Ne yapayım, karnımı nerede doyurayım. Tanımadığı bir yere gitmek olmaz. Ne yapsın? Hemen bir zarf kağıt almış. Kağıdı zarfın içine koyarak güzelce kapatmış ve düğün evine damlamış.

Kapıda uşaklar ne istediğini sormuşlar. O da düğün sahibine bir mektup getirdiğini söyleyerek içeri girmiş. Düğün sahibi bu sırada ziyafet sofrasında imiş.

Hoca hemen mektubu onun eline tutuşturup sofraya çökmüş. Ve besmele çekerek karnını doyurmağa başlamış.

Bu sırada düğün sahibi, Hocanın eline tutuşturmuş olduğu mektubu evirip çevirmekle meşgulmüş. Zarfın üzerinde hiçbir yazı göremeyince

«Hoca efendi, demiş, bu mektubun üstü yazılı değil!»

Nasreddin Hoca cevap vermiş:

«Kusura bakmayın aceleye geldi, içi de yazılı değildir.»

UTANMIŞ

Nasreddin Hoca yine bir gün evinde yalnızken eve bir hırsız girdiğini farketmiş. Doğruca yüklüğe girerek saklanmış.

Eve büyük ümitlerle girmiş bulunan hırsız alt katı, odaları birer birer dolaşıyor ama, bir türlü çalacak bir şey bulamıyormuş.

Sonunda Hocanın bulunduğu odaya girer. Burada bir şey bulamayınca son bir ümitle yüklüğü açar ve birdenire Hoca merhumla karşı karşıya gelir.

Şaşıran ve korkan hırsız:

«Şey!.. Burada işin ne senin?» diye sorunca

Hoca:

«Kusura bakma! der. Evde çalacak bir şey olmadığı için senden utancımdan buraya saklandım.»

ÇOĞUNLUĞUN SÖYLEDİĞİ

Doktor, akıl hastanesindeki hastalarından birini sorguya çekiyordu.

«Oldukça sakin de görünüyorsun dostum. Seni neden buraya getirdiler?»

Hasta bir an düşündükten sonra cevap verdi:

«Çok basit. Ben herkesin deli olduğunu söylüyordum, herkes bana deli diyordu.»

«Sonra ne oldu?»

«Ne olacak... Çoğunluğun söylediği kabul edildi.»

TRAFİK KAZASI

İki araba yolda çarpışmıştı. Fakat iki arabanın şoförü de gayet nazikti. Hatta biri, otomobilinin torpido gözünü açtı, oradan bir şişe viski aldı. Ötekine uzattı:

«Buyurun, iki yudum için de heyecanınız geçsin. Ne de olsa, kaza,atlattık.»

Adam aldı, teşekkür ederek içti. Sahibine uzattı. Şişeyi... Fakat o alıp yine arabaya götürünce:

«Ne o, siz içmiyor musunuz?» dedi.

«Hele bir trafik memurları gelip alkol muayenesi yapsınlar da... Ondan sonra içerim.»

NEEE YOK MU?

Adam yolda öyle sıkışmış ki... Çatlayacak... Etrafta da gideceği yer yok...

O da ne? Karşı köşede bir ufak bakkal dükkanı... Koşmuş girmiş kapısından telaşla:

«Sizde Hafız Burhan'ın plağı var mı?»

Bakkal şaşkınlık içinde:

«Ne arar beyim?» der demez, sıkışmış adam pantolonunu sıyırdığı gibi, yere çömelmiş:

«Ben Hafız Burhan'ın plağını satmayan dükkanın içine ederim...» demiş.

KIYAMET NE ZAMAN KOPAR

Nasreddin Hocayı, herkes bilmediği şey yoktur, diye tanırdı. Bunun için de birinin aklına çözemediği bir soru geldi mi, hemen koşar, yanına gelir, bunu kendisine sorardı.

Pek tabii olarak bu soruların içinde, kimsenin cevabını bulamayacağı birçok münasebetsiz şeyler de bulunurdu. Ama Nasreddin Hoca, bu sorulardan hiç birinin altında kalmaz, hepsine de münasip cevaplar bulurdu.

Bir gün yine bir tanıdığı gelerek kendisine şu soruyu sordu:

«Kuzum Hoca Efendi, sen bilirsin... Kıyamet ne zaman kopacak?»

Hoca biraz düşündükten sonra:

«Hangi kıyameti soruyorsun? diye karşılık verdi. Büyüğünü mü, küçüğünü mü?»

«Kıyametin büyüğü, küçüğü olur mu hiç?»

«Elbet olur. Karım ölecek olursa, kıyametin küçüğü, ben ölecek olursam, büyüğü kopar.»

BEŞ VAR

İki deli arasında konuşma:

«Saat kaç?»

«Beşvar.»

«Kaçabeşvar?»

«Bilmiyorum, akrebini kaybettim.»

UÇKUR BAĞI

Birinci Dünya Savaşı'nda mağlup olmuşuz, İstanbul işgal edilmiş, Süleyman Nazif, "Kara Gün" diye müthiş bir yazı yazmış, Fransızlar'ın idamından güç kurtulmuş ve Malta'ya sürülmüş. Malta sürgünleri arasında Enver Paşa'nın babası da var. Bir gün sohbet, çapkınlıktan açılmış; herkes gençliğinde yaşadığı bir macerayı anlatıyormuş...

Enver Paşa'nın babası safiyetle, "Allaha şükür ben çok masumum" demiş:

«Çünkü hayatımda hiç harama uçkur çözmedim!»

İmparatorluğun batışında Enver Paşa'yı sorumlu tutan Süleyman Nazif atılmış:

«Ah paşa hazreteleri, keşke helâle de uçkur çözmeseydiniz de o zaman Enver başımıza çıkmaz, bizler de burada olmazdık!»

SEVİYE

Süleyman Nazif'in sevmediği insanlardan biri de İkdam Gazetesi'nin sahibi Ahmet Cevdet'miş. Birgün Cağaloğlu'na çıkarken, İkdam Yurdu'nun önünde bir dostuna raslamış.

«Hayrola nereye böyle?»

Adamcağız eliyle, "İkdam Yurdu'nu göstermiş:

«Ahmet Cevdet Bey'e kadar çıkacağım!»

Süleyman Nazif başına sallamış:

«Ahmet Cevdet Bey'e çıkılmaz, ancak inilir!»

CİMRİNİN HUYUNU BİLİRİM

Bir gün Nasreddin Hoca merhum, kalabalık bir arkadaş topluluğu ile birlikte kıra gezmeye gitmişler. Eskiden ne sinema, ne tiyatro, ne de maç olmadığından halk tatil günlerinde kırlara çıkar, orada eğlenirdi.

Bir dere kenarında gezerlerken, nasılsa içlerinden biri derin olan dereye yuvarlanıverir. Yüzme de bilmediği için derin sulara dalıp dalıp çıkmağa ve boğulma alâmetleri göstermeye başlar. Arkadaşları ellerini uzatarak onu kurtarmak isterler.

- Ver elini! Ver elini! diye seslenirler. Ama beriki oralı bile olmaz. Neredeyse boğulup gidecektir.

O zaman Nasreddin Hoca hemen kolunu sıvar. Derenin kenarına varıp elini uzatır ve:

- Al elimi! diye seslenir.

Boğulmak üzere olan adam o zaman hemen Hocanın eline sarılır. Hoca da kendisini rahatça çekerek sudan çıkarır.

Arkadaşları bu işe şaşarlar. Biri dayanamaz:

- Hoca niçin hiç birimizin elini tutmadı da senin elini tuttu? diye sorar.

Nasreddin Hoca gülerek şu cevabı verir:

- Siz onu benim kadar tanımadığınız için nasıl sesleneceğinizi bilemediniz. Kendisi cimrinin biridir. Hayatında hiç bir şey vermeğe alışmamıştır. Onun için kendisine "Ver elini" diye seslendiğiniz vakit aldırış etmedi. Buna karşılık durmadan ne bulursa almağa can atar. Ben de onun huyunu iyi bildiğim için: "Al elimi!" dedim. Gördüğünüz gibi hemen yapışıverdi. .

NEZiR

Nasreddin Hoca vaktinin büyük bir kısmını tarlasında geçirir, eker, biçermiş. Fakat bir türlü isteği gibi iyi bir mahsul alamazmış.

Bir gün bu talihsizliğinden şikayet ederken oradakiler den biri:

«Ben de tartamdan hiç bir vakit iyi bir mahsul alamazdım, demiş. Sonra Konyalı bilgin bir Hocaya derdi mi açtım. Bana mahsulün yarısını Allah'a nezretmemi, yani fukaraya sadaka olarak vermeyi vadetmemi söyledi. Ben de öyle yapınca, tarlanın verimi dört misli arttı. Şimdi yarısını fukaraya sadaka olarak verdiğim halde bana kalan kısmı ile yine de rahat yaşayıp duruyorum.

Nasreddin Hoca da bunu öğrenince hemen tatbik etmeğe karar vermiş. Alacağı mahsulün yarısını Allaha' rezretmiş.

O sene hakikaten görülmemiş bir mahsul olmasın mı? Hoca hayatından memnun. Ekinler göğsü boyunca çıkmış. Her başak buğday yükünden zor duruyor. Vakti gelince tarlayı biçmiş. Harmana başlamış. Bir yanda buğday, bir yanda da saman yığınları dağlar gibi yığılmış. Hoca keyfinden yerinde duramıyor. Fakat harmanın son günü birdenbire şiddetli bir fırtına kopmaz mı? Bir rüzgar, arkasından bir yağmur. Tarla bir anda seller altında kalıvermiş. Seller de buğdayı alıp götürmüş.

Nihayet rüzgar hafiflemiş, yağmur durmuş. Bu sefer de şimşekler çakmağa başlamış.

O zaman Hoca bir isyan duygusu içinde ellerinigöklere doğru kaldırmış:

- Ya Allah! Oldu mu yaptığın? Şimdiye çakmadığını çakıp, marifetlerini görmek mi istiyorsun?

ELİ KOPSUN DA...

Bektaşi dayağı yedikçe vurana:
«Ellerin nurdan kopsun!» dermiş.
Duyanlar:
«Ayol yermek gerekirken, niçin iyi dua ettin?»
Demeleriyle:
Bence fark yok, eli kopsun da nasıl ve neden koparsa kopsun!» demiş.

SAAT İKİ İMİŞ

İş hayatı iyi geçmeyen her insan gibi, Nasreddin Hocanın da hayatı boyunca çeşitli işlere giriştiği, fakat, hiç birinde sebat edemediği için iyi sonuçlar alamadığını biliyoruz.

Hocanın merak sarıp giriştiği fakat kısa bir zaman sonra vazgeçtiği zenaatlardan birisi de saatçilikti.

Hoca bu işe başlayınca, mahallenin çocukları muziplik olsun diye dükkanın önünden geçerken vakitli vakitsiz içeri dalıp:

«Saat kaç?» diye sorarlarmış.

Bir, iki, beş on defa aynı şey tekrarlanınca, Hoca iyiden iyiye kızmış. Çocukların şerrinden kurtulmak için bir sabah yanına bir değnek alarak dükkana öyle gitmiş. Daha yerine oturur oturmaz, mahallenin haşprı çocuklarından biri kafasını dükkana sokmuş:

«Hoca saat kaç?»

Nasreddin Hoca hemen değneği kaparak çocuğun başına iki defa vurarak:

«Şimdi ikiyi vurdu.» demiş.

Böylelikle çocuklarının şerrinden kurtulmuş.

SON ÇOCUĞUN ADI

Dar gelirli bir adamın peşpeşe beş çocuğu olmuş ve adlarını Sedat, Vedat, Fuat, Suat, Sebat koymuştu.

Birgün bir yakını:

«Peki, bir çocuğun daha olursa ne koyarsın?»

Geçim sıkıntısından bunalmış adam, boynunu büküp:

Ne koyayım azizim? Koysam koysam imdat koyarım...»

PAHALI YEMEK

Piyangoda bir milyarlık ikramiyeyi kazanan iki köylü, İstanbul'a para yemeğe gelmişlerdi. Önce bir lokantaya gittiler ve listede gördükleri en pahalı yemeklerden ısmarladılar. Bir aralık iki arkadaştan biri yanlarındaki masada oturan adamın bir hardal kavanozundan bir parça alarak tabağının kenarına koyduğu nu gördü. Yanındaki arkadaşını dürttü:

«Bak bak, ne kadar pahalı yemek ki bu kadar az alıyor» dedi. Garsonu çağırarak:

«Nedir o?» dedi.

«Hardal.»

«Bize de getir ondan.»

Garson kavanozu getirip önlerine koydu. Köylü kaşığını daldırdığı gibi ağzına attı. Fakat atmasıyla. gözlerinden yaş boşanması bir oldu.

Bunu gören arkadaşı:

«Ağlama be dostum.» dedi. «Yetmezse bir daha getiririz.»

ADRES

İstanbul'a iş aramak için gitmişti. Şurası burası derken Şişli'ye kadar geldi. Tuvalet ihtiyacı baş gösterince de önüne çıkan ilk sokağa saptı. O apartman altı, olmadı. Bu köşe başı, olmadı.. Tam rahatlayacağı sırada açılan bir pencereden bir bayan:

«Utanmıyor musun rastgele yere işemeye. Madem yabancısın, çal bir kapıyı müsaade iste hiç olmazsa.»

Davete uydu. Girdiği evde ihtiyacını giderdiği gibi karnını da doyurdu. Hanımın seks ihtiyacını da tatmin etti ve hatta çıkarken eline birkaç kuruş harçlık da altı. Alış veriş fena sayılmazdı ama, acaba gelecek günlerde aynı avantaja sahip olabilecek miydi? Başka bir gün gene aynı semti aradı taradı, fakat aynı apartmanı bulamıyordu. En iyisi eski çareye başvurmaktı. Aldı eline maslahatını o duvara... Hayır gören olmadı. Bu duvara, hayır... Nihayet bir yolcu tersledi:

«Koskoca herifsin, utanmıyor musun rastgele yere işemeye?»

«İşemiyorum ki ben...»

«Peki ne yapıyorsun?»

«Hemşerim, adres arıyorum adres!» der.

İKİ YER LÜTFEN

Opera gişesine telefon eden kadın:

«İki yer istiyorum, iki yer lütfen...»

«Madam Butterfly için mi?»

«Hayır, Suzan Hanım diye ayırın...»

BALIK BAŞI

Nasreddin Hoca, Sivrihisarlı bir tanıdığı ile yolculuğa çıkmış. Karınları fena halde acıkmış olduğu halde bir hana inerek hancıdan yiyecek istemişler. Handa da yiyecek olarak sadece bir tek balık vardır. Hancı bunu pişirmeğe başlarken, Hoca balığın ancak bir kişinin karnını doyurabileceğini düşünerek sormuş:

«Sen biz Akşehirlilerin neden akıllı olduğumuzu bilir misin?»

«Bilmiyorum neden?»

«Biz Akşehir gölünde yakaladığımız balıkların sadece başlarını yeriz de ondan..»

«Balığın başını yemekle akıl arasında ne ilgi var?»

«Balığın beyni cevherdir. Gözleri de öyledir. Kulakları da... Balık gözü yiyenin gözleri çok iyi görmeye başlar. Kulağını yiyenin de kulakları en ufak sesleri duyar. Dilini yiyenin sesi bülbül sesine döner. Ama ne varsa beyninde var. En budala bir insan bile balık beyni yedi mi, hemen akıllanır. Akıllı ise aklı bir kat daha artar...»

Bu şekilde balık başı yemenin faydalarını öylesine ballandıra ballandıra anlatır ki, hancı balığı pişirip de önlerine koyduğu zaman Sivrihisarlı:

«Hoca. Efendi, ne olur, balığı sen ye de başını bana bırak!» der.

Hoca önce biraz nazlanır gibi yaptıktan sonra bu paylaşmaya razı olur. Ve güzelce pişmiş olan balığı afiyetle midesine indirmeğe koyulur.

Yol arkadaşı ise balığın başını evirir, çevirir, bir

türlü yiyecek bir tarafını bulamaz. Beynini yiyebilmek için de kafasını da bulamaz. Böyle uğraşıp dururken, keyifli keyifli yemeğini yemektedir. Hoca.

Sivrihisarlı o zaman birden:

«İyi ama, sen güzelce karnını doyurdun. Ben ise yemek için bir iki kırıntıdan başka bir şey bulamadım. Bu iş ne iştir? » diye sorar.

Hoca gülümser:

«Ben sana balık başı yemenin insanı akıllandıracağını söymemiş miydim? Bak ançak bir iki kırıntı yemiş olduğun halde nasıl da akıllanmağa başladın?»

BÖYLE KAFA

Adam, bütün mağazaları dolaştığı halde koca kafasına göre şapka bulamamıştı.

Son bir mağazaya girdi, bütün şapkaları denedi fakat yine kafasına göre şapka bulamadı. En sonunda satıcı vitrinde mankenin başında duran şapkayı aldı müşteriye verdi.

Bu şapka adama tam gelmişti, fakat satıcı şapkaya çok yüksek bir fiyat istiyordu.

Müşteri şapkayı almaktan vaz geçip çıkıyordu ki satıcı;

«Bu şapkayı başka bir yerde bulamazsın» dedi.

Müşteri koca kafasına vurarak.

«Sen de böyle kafayı bulamazsın» dedi.

TAKİZADE DÜŞMEDİ

İstanbul'da uzun süre Devlet Senfoni Orkestrası'nı yöneten Azerbaycanlı orkestra şefi Niyazi Takizade, bir gün taksi ile Taksim'e gelmiş. Orada inecek... Şoförü uyarmış:

"Dur düşeceğim...»

«Hayır düşmezsin yalnız kapıya yaslanma» demiş şoför...

Ve Takizade derdini anlatana kadar araba Harbiye'ye varmış...

ZEKA

Cemal İstanbul'a yeni gelmiştir. Şehirde bir kilisenin çanını vakitli vakitsizçalarken görür. Temel'i bulur ve sorar:

«Ula Temeel, hao kilisenin çanı niye çalayuu.»

Temel düşünmüş ve:

«Görmeymisun Çemaaal pirisu ipin u çekeyuda ondan çalayuu...»